集英社オレンジ文庫

ナイトメアはもう見ない

夢視捜査官と顔のない男

水守糸子

ナイトメアはもう見ない　夢視捜査官と顔のない男

Contents

ナイトメアはもう見ない

夢視捜査官と顔のない男

序章　顔なしの少年

――わたしの悪夢はいつも、暗闇を舞う無数の火の粉と灰のにおいから始まる。

何棟もの研究施設が並ぶ広大な土地は、数時間に及ぶ火災ですっかり様変わりしていた。背後で消防車の赤色灯が光っている。鎮火したばかりで、まだうっすら煙が立ちのぼるその中を幼い硝子《しょうこ》はひとりさまよっていた。

「あき。あきー、どこにおるん？」

大好きな少年が――あきがいない。いつもならまっさきに硝子を見つけて手をつないでくれるのに、避難した子どもたちの中に、あきだけがいなかった。大人たちに訊くと、逃げるときは一緒にいたはずなのに、と不安そうに顔を見合わせる。

京都亀岡《かめおか》。その郊外にある研究施設で、硝子は同じ境遇の子どもたちと暮らしていた。いつもは皆で眠っている時間だったけれど、今日は夜中にサイレンが鳴り、気付いたら大人たちの手で外に運び出されていた。

丹波高地から吹く強風のせいで、炎は瞬く間に木造の施設を飲み込み、消防車が到着する頃には敷地全体に燃え広がった。硝子が知る「家」はもうどこにもない。

「あきー……」

大人たちの目を盗んであきを探しに戻ったものの、あたりには人影ひとつ見当たらない。この場所には笹川《ささがわ》先生の研究棟があったはずだ。けれど今は壁が焼け落ち、炭化した柱や土台があらわになっている。近頃、あきは研究棟に出入りしていることが多かったから、もしかしたらと思ったのに。

「どこにもおらへんの?」

そのとき、瓦礫《がれき》の下に別の何かを見つけて、硝子は瞬きした。半屈曲した黒い手足をかろうじて持つ、トルソー状の何かだった。吸い寄せられるように触れるとまだ熱く、驚いて赤くなった指先を引っ込める。

「おい、こっち!　まだ子どもがおるぞ!」

目の前のものに釘付けになったまま動けずにいた硝子を、駆けつけた消防隊員が抱き上げる。もう大丈夫やで、と励《はげ》ました隊員に、硝子は小さくかぶりを振った。まだあきを見つけられていないのに、この場所から離されることに不安になる。

「あきが……」

「なんやて?」

「あきがおらへんの。あきはどこ?」

隊員の肩越しに振り返ると、トルソーの落ち窪《くぼ》んだ眼窩《がんか》が自分を見返した。ひゅっと煙を吸い込んでしまって噎《む》せ、硝子は赤らんだ指先を引き寄せる。見てはいけないものを見て、触れてはいけないものに触れてしまった気がした。何もわからなかったけれど、そう思った。

「もうひとり……」

「あれはもうあかん」

隊員たちの声を最後に、意識が途切れる。

あつい、という声が暗闇の底から響いていた。

呼吸をするたび、熱気が咽喉《のど》から食道に下りていくのがわかる。耐えきれず咽喉を押さえようとすると、爛《ただ》れた手の皮が剝《は》がれ落ちた。あかん、と呟《つぶや》くその声も熱い。火に取り囲まれていた。

『くそ、なんも見えん』

咳《せ》き込みながら、研究資料を抱えて壁伝いに外をめざす。あっという間に濃くなった煙が視界を塞《ふさ》ぎ、どちらに向かえばよいのか、毎日生活していた場所なのにわからない。足がよろめき、床に膝をついた。頭痛、吐き気、眩暈《めまい》。自身の状況を分析しながら、一酸化炭素中毒だと直感する。たまらなかった。口元を手で覆《おお》い、諦めきれずにずるずると床を這《は》う。

『なんでや……』

ここはまだ、めざした場所にたどりつくための通過点に過ぎない。

研究は未完だ。異端と学会で蔑《さげす》まれる日々を耐え、支持者と必要な研究環境を手に入れて、やっと自分が望んだ研究を始められる。そのはずだったのに。

『なんで、こないなときに』

炎が噴き上がる。伸ばした指先が溶け落ちる。守ってきたもん、積み上げてきたもん、みんな飲み込まれて、のうなっていく――……。

「――……っ！」

声のない悲鳴を上げて、硝子は飛び起きた。

吸い込んだ煙がまだ咽喉のあたりを塞いでいる気がする。苦しくて何度も咳き込んでいると、「目ぇ覚ましたんか」と薄闇から声をかけられた。咽喉を押さえたまま、あつい、と硝子はかすれた声で訴える。

「熱い？」

「火がたくさんで……逃げられへんの……」

「ああ……怖かったな」

しゃくり上げる硝子の背を大きな手がさすってくれる。ひんやりした独特の体温を持つ手のひらだ。繰り返しさすってもらううちに、徐々に呼吸が落ち着き、身体《からだ》が焼かれる生々しい感覚や煙の熱さといったものが薄れていく。

また夢を視ていたのだろうか。けれど、どこからどこまでが夢だったのだろう。

ぼんやり考えていた硝子は、背中に回された手のぬしに気付いて声を上げた。

「あき！」

ひとの顔の輪郭《りんかく》も定まらない薄闇の中、探し人は確かにそこにいた。消毒液のにおいがつんと鼻を刺す。硝子の手には真新しい包帯が巻いてあり、あきはベッドの端に浅く腰掛けていた。顔はよく見えなかったが、気配であきだとわかった。

「ここ、どこ？」

「病院」

「……みんなは？」

「おるよ。ほかの部屋で休んではる」

そうなん、といまひとつ状況を理解できないまま、硝子は夢うつつにうなずく。目の前のことよりも、直前に触れた黒いトルソー状の塊《かたまり》のほうが気になっていたからかもしれない。あれは何だったのだろう。硝子は何を見てしまったのだろう。得体の知れない恐怖に蒼褪《あおざ》めていると、あきの手が硝子の汗ばんだおでこに触れた。

「うなされとったで。そない怖い夢やった？」

「……あきには言わへん」

「ふうん。あんまり俺の名前を呼ぶから、夢の中で悪さしとったんかと思たわ」

「ちゃうよ。わたし、あきを探しとったん。急にいなくのうなると、びっくりするやろ。勝手にどこかに行かんといて」

腕をつかんで切々と訴える硝子に、あきは苦笑したようだった。

まだ幼い硝子にとって、あきは大人と変わらないおにいさんに見えた。夜の湖面にも似た彼の目は、硝子の知らない深淵を見つめているように思えたのだ。本当のところはわからない。あきだって、この頃はまだ十六歳の少年でしかなかったのだから。

「どこにも行かへんて。安心して眠り」

「ほんま？　絶対にここにおる？」

「眠られへんなら、羊さん数えてあげよか」

寝乱れていたブランケットを身体に掛け直される。普段と変わらないあきの様子に緊張が緩《ゆる》んだ。こらえきれなくなって、硝子はぽろぽろと涙をこぼす。

「あのな、みんなには内緒にしてな」

「ええよ」

「さっきな……。怖い夢見た」

横に寝転んだあきの胸に額をくっつけて、硝子は声をひそめた。

「みんな燃えて、研究所ものうなってしまうの。あきもいなくなる。そんな怖い夢」

「……硝子はいろんな怖い夢を見んねんなあ」

あきが感心したように呟くので、「真面目《まじめ》に聞いて！」と硝子はあきの胸を小さな手で叩く。その手をやんわりつかんで、わかった、とあきは笑った。弾みをつけて背を叩かれると、穏やかなまどろみが押し寄せてくる。あきからは冬の夜のにおいがした。

「大丈夫。大丈夫、硝子」

目を瞑《つむ》った硝子にあきが囁《ささや》いた。

「ナイトメアは、もう見ない」

その顔も、声すらも今はもう思い出せない。

夢の淵《ふち》にいる顔なしの少年を硝子は今も見つけられずにいる。

一章　夢とトリガー

走るのは得意だ。

高校時代、陸上部に所属していた硝子《しょうこ》は、足にはちょっと自信がある。ただし、短距離限定。中距離以上はスタミナ切れを起こすから苦手だ。そんなことを就活生だった頃、面接で話したら「被疑者《ひぎしゃ》が逃走したら、一キロ追いかけっこするのもザラやで」と脅《おど》かされたものだ。そのときの面接官を思い出しながら、スニーカーの紐を結び直していた硝子は、インカムに入った無線に気付いて手を止めた。

『笹川、いるか』

「定位置についてます」

無線の声は木賊《とくさ》班長。硝子の直属の上司だ。

『被疑者が建物の裏に回った。俺は左から向かう。おまえは右から。化野《あだしの》はそのまま待機』

『了解です』

別所で待機している同僚の化野の声が返る。硝子はまだ薄暗い路地裏から音もなく立ち上がった。美容院に行くのを忘れて少し伸びかけたショートボブを耳にかける。いつものダークスーツではなく、私服のブラウスにジーパンというラフな格好で、背には小ぶりのリュック。二年前に短大を卒業したばかりの硝子は、はた目には大学生か、軽装の観光客くらいにしか見えない。

六角通《ろっかくどおり》沿いのこの場所は、近隣に三条や烏丸御池《からすまおいけ》といった地下鉄駅があるため、早朝でもまばらに通行人がいた。

「五時」

時間を確認し、硝子はアパートの間のひとがひとり通れるくらいの狭路《きょうろ》をのぞきこむ。なまぬるい風を排出している室外機の横で、長身の影がたたずんでいる。手にはライターとオイルで濡らした新聞紙。どっと心臓の鼓動が跳ね上がる。被疑者を前にしたときはいつもこうだ。もし心臓の音が外に漏《も》れていたら、すぐに気付かれてしまうというくらい。かたずをのんで見守る硝子の前で、男がライターをつけた。

『笹川』

おそらく対面に身を潜めているのだろう木賊からゴーサインが出る。硝子はジーパンのポケットから身分証を取り出した。息を深く吸い込んで声を張る。

「あんた！　そのライター、今すぐこっちに寄越しい！」

びくっと肩を上げ、男が硝子を振り返る。

「な、何やねん、おまえ！」

年齢は三十代半ばだろうか。身長は一七〇センチ前後。色白、左目の下にほくろ、頰《ほお》に火傷《やけど》の痕。あらかじめ確認していた特徴とすべて一致している。速まる鼓動とは裏腹に、硝子は不敵に口端を上げた。

「あんたがここ最近の連続放火をやらかしたんは割り出し済みや。前の放火であんた、ハンカチを落としたやろ。あれがあかへんかったなあ」

「せやから、おまえは何や！」

「京都府警特殊捜査官」

顔写真入りの身分証を掲《かか》げ、「木賊さん！」と硝子はその隙《すき》に後ろに回り込んでいた男に目配せをする。大学時代に柔道四段を極めた、刑事というよりヤクザさんやろあんた、という顔の男が「おうよ」と分厚い肩を鳴らす。確保の声は直後に上がった。

京都府警特殊捜査官・笹川硝子、二十二歳。

警察学校を卒業したあと一年の実地研修を経て、この春から京都府警刑事部捜査第一課に特殊捜査官として配属。十五年前までこの国の法務省直轄《ちょっかつ》で実験的に稼働《かどう》していた研究機関・ササガワにいた子どもたちのひとりである。

夢にまつわる笹川龍彦《たつひこ》教授の研究は、当時大きな注目を集めた。彼が研究対象とした、十万人にひとりの割合で発症するといわれる疾患《しっかん》・睡眠時異視症候群《すいみんじいししょうこうぐん》。この罹患者《りかんしゃ》のうち、さらに数パーセントが極めて特殊な夢を視ると発見されたためである。

のちに「夢視者《ゆめみしゃ》」と呼ばれた彼らは、物や人からその記憶を読み取り、夢を通して追体験することができたのだ。彼らの能力に着目した笹川は、専門の研究機関を立ち上げると、罹患者の子どもたちを集めて夢視研究を進めていく。

笹川の不慮の死によって研究所はいったん閉鎖されたが、笹川の弟・鳥彦《とりひこ》が立ち上げた後継機関・亀岡研究所と警察庁が協定を結び、夢視者の捜査協力が試験的に始まったのが今から五年前。硝子はこの国で十四人目の特殊捜査官だ。

「戻りました！」

捜査一課のドアを開け放つと、硝子は大きな声で言った。昭和初期に建てられた、もはや文化財といえる庁舎は、開放感とは真逆のつくりで、昼間でも薄暗い。ほとんどの人間が出払った捜査一課の執務室には、庶務《しょむ》方の数人と管理官の占出《うらで》が残っているくらいだ。

「おかえりなさい、皆さん。お手柄でしたね」

資料に目を通していた占出がおっとりした笑顔で硝子たちを迎える。勤続三十年を迎えてもちっとも階級が上がらない木賊に対して、占出は若くして管理官についた優秀な人材だ。草食獣っぽいたたずまいと長身のために、硝子はこっそり「おっとりしたキリンさん」と呼んでいる。キリンさんは今日はキリン色のネクタイをしていた。身長一八〇超えのヒグマみたいな木賊が並ぶと、動物園のコントが始まりそうだ。

「ニュースは見ましたか」

「まだ。なんや出ました？」

うちわで顔を扇《あお》ぎながら木賊が尋ねると、占出は備え付けのテレビをつけた。朝のニュース番組では、連続放火犯逮捕の見出しとともに被疑者の顔写真が流れている。

「うへえ、家族構成まで出とるな。自宅のほう大丈夫ですか」

「別の班が証拠品の押収に向かっています。先輩は報告書の作成を先に」

「うす。ほいなら、笹川。おまえタタキ作っておけ」

「了解です」

パソコンの電源をつけ、硝子はリュックから財布を取り出した。古い型のうえセキュリティが厳重なパソコンは、立ち上げに時間がかかる。待っている間にからからの咽喉《のど》を潤すことにした。執務室を出て、階段を一階ぶん下りる。喫煙《きつえん》ルームの隣に設けられた休憩スペースには、自販機がふたつ並んでいる。

「どーれーにしようかな、と」

スポーツ飲料とカフェオレとで悩んで、結局カフェオレのボタンを押す。紙コップの中でミルクとコーヒー液が混ざるのを待っていると、

「聞いたか、放火犯の件」

喫煙ルームで雑談をする男たちの声が漏れ聞こえた。曇りガラスで仕切られているが、中の声は丸聞こえだ。

「アレ。またホシ挙げたんやってな」

「どんぴしゃやて。気味悪いわ」

「桜井《さくらい》部長、喜ぶで。あのひとが引っ張ってきたみたいなもんや」

「まぐれやろ。お嬢さんの妄想に振り回されて世もすえやわ」

(その『お嬢さん』に聞こえてんで！)

危うく紙コップを握り潰しそうになり、硝子は息を吐いてコップをテーブルに置いた。どうせ誰に聞かれてもかまへんくらいに思って言っているのだ。面と向かって毒づいてくるなら、やりようもあるのにえげつない。

「はあー、今日も放火犯ひとり捕まえて、朝から気分爽快《そうかい》やわあ！」

どでかい声で伸びをすると、喫煙スペースの男たちが微妙にたじろいだのがわかった。硝子が振り返る前に、さっと視線がそらされる。ふん、と鼻を鳴らして、硝子は紙コップに口をつける。木賊には、おまえその気性烈《はげ》しいのどうにかならへん、とどやされるが、これぱっかりは生来の性格だから仕方がない。硝子は周囲に好き勝手言われるのを黙って聞いているほど我慢強くはない。

「硝子」

そこへちょうど通りかかったらしい小柄の女性が声をかけてきた。セミロングの髪を後ろで緩く束ね、色白の顔に柔和《にゅうわ》な表情を浮かべた女性。ベンチの前でひとり仁王立《におうだ》ちをしていた硝子はみるまに破顔《はがん》する。

「未和《みわ》！」

「あんた、相変わらず喧嘩《けんか》売って生きてはるなあ」

苦笑気味に肩をすくめる未和は、同じ特殊捜査官のひとりで、ササガワ研究所の出身者でもある。硝子より五歳年上の未和は、捜査官が試験導入された当初から現場で活躍していた。

「未和のハンカチに関する夢視、ばっちりやったわ。今日、放火犯を捕まえたで」

「ああ、聞いたわ。確保したの木賊班と堀川署のメンバーやて。おめでとう」

「未和が犯人の特徴教えてくれたおかげや」

夢視者の能力は個人によって違い、未和は遺留物《いりゅうぶつ》から夢を介して対象の記憶や思念を視ることができる。放火犯が落としたハンカチから犯人の顔や次の計画を割り出したのは未和だ。同じ特殊捜査官でも、硝子は物から情報を読み取ることはできない。硝子にできるのは、死者に対する夢視のみ。死の直前を起点とした記憶を夢で追体験するのである。

「未和は今日、当直入ってはる？　ないなら、夕飯一緒に食べへん？」

「そやねえ……」

未和の返事が思ったより芳《かんば》しくないので、硝子はおやと思った。よく見ると、未和の化《け》粧《しょう》がいつもより濃い。目元のあたりはコンシーラーで隈《くま》を隠しているように見えた。

「未和。もしかして具合悪い？」

「最近、あまり眠れなくてな……」

「あんた昔から夢視すると、よう身体《からだ》壊したやん。休めへんの？」

必然、凶悪犯の思念をたどることになる特殊捜査官は、心身に支障をきたしやすい。薬による症状の緩和《かんわ》やメンタルケアなど、さまざまな方法が編み出されているものの、これればかりは当人の性格や環境によるところが大きいのが厄介《やっかい》だった。万事おおざっぱな硝子に比べて、未和は何に対しても真面目《まじめ》だ。ひととしての美点が特殊捜査官としてどうかはまた別問題である。

「今日は早く帰れそうやし、がんばってみるわ。七時過ぎには上がれるはずやねん。それからでもいい？」

「もちろん。ここからちょっと離れとるけど、出町柳《でまちやなぎ》のとこにイチオシの定食屋さんがあるんやで。しかもマスターがイケメン」

「ああ、硝子が前に言っとったひと？　もう告白したん？」

「それがぜんぜん伝わらへんの。けど、マスターは絶対わたしが落とすから、好きになったらあかんよ」

　にやりと口角を上げると、「硝子は肉食系やなあ」と未和が笑った。片頬にえくぼが生まれる未和らしい笑い方にほっとして、硝子は目尻を下げる。

「あっ、もう出ないと」

「引き留めてごめんな。ほな、またあとで」

「ほなまた」

　ショルダーバッグをかけ直し、未和は休憩スペースを出る。薄暗い通路を少し歩いてから、何かを思い出した様子で曲がり角の前で足を止めた。

「硝子。……あんたはそのままでいてな」

「未和？」

「夕飯、楽しみにしとる」

逆光になった未和から笑みの気配が返る。

控えめなパンプスの音が角の向こうに過ぎ去るのを見送り、硝子は空にした紙コップをゴミ箱に落とした。さぁて報告書、と肩を回して勢いよく歩き出す。

＊

「マスター、来たでー！」

硝子のいきつけである定食やまだは、鴨川デルタに近い出町柳駅から徒歩十分ほどの場所にある。府警からは自転車で十五分、バスを使えば十分くらいだ。やまだと染め抜かれた柿渋《かきしぶ》色の暖簾《のれん》をくぐり、硝子はカウンターの向こうの店主にメニューを見ずに声をかけた。

「オムライス定食、大盛りで！」

「こんばんは、しょこちゃん。今日も元気もりもりやねえ」

苦笑を返すのは、定食やまだのマスターこと山田《やまだ》さん。今年三十一歳。すらりとした長身にゴールデンレトリバーっぽい人懐っこい笑顔と泣きぼくろが今日も最高にかわいい。

本当は未和とふたりで来るつもりだったのだが、あのあと連絡があり、急に用事ができたから今日はたぶん会えないと言われたのだ。

「元気もりもりやないよう。思ったよりデスク仕事が多くて、肩こりがひどい」

「しょこちゃん、部屋でじっとしとるの苦手そうやもんな」

ほなどうぞ、と冷たい麦茶とお手拭きを渡される。昭和時代からやっている定食やまだのカウンターは飴《あめ》色で、油や煙で煤《すす》けた壁には祇園祭《ぎおんまつり》のポスターが貼ってある。

「祇園祭かー、もう夏がやってくるなあ。あっ、マスター。追加で冷酒ちょうだい」

「はいよ。今年は三上《みかみ》さんとこのあっちゃんがお稚児《ちご》さんやるらしいで。お着物新調するで、大変やわー言うとったよ」

「へえ、あっちゃんか。あれやろ、山鉾《やまほこ》の上乗るやつやろ」

「舞の練習したり手順覚えたりで大変なんや。学校もお休みせなあかんし」

野菜を刻むマスターの包丁さばきにうっとりと目を細め、硝子は先に出してもらった冷酒に口をつける。薬を常用する硝子向けに、やまだに置いてくれているノンアルコールの日本酒。馥郁《ふくいく》とした米の香りがよく、お通しのイカの塩辛《しおから》とも相性抜群《ばつぐん》だ。

鴨川沿いの通りから少し外れた住宅街にぽつんとある定食やまだは、築うん十年の外観とあいまって、観光客はほとんどやってこない。ご近所さんや常連客がやってくるのはもう少し後だ。エプロンをちょうちょ結びにしたマスターの後ろ姿を眺め、ひとりじめ、とこっそり硝子は微笑《ほほえ》んだ。

「マスター。あれな、おかあさんにお見合い仕組まれた件、どうなったん?」

「ああ、一回会うたよ。でも俺あかんわ、人見知りしてまうわ……」

卵をすばやく溶いて、マスターが首をすくめた。

「なんや家に連れ込まれそうになって、びびってバイバイしてそのままやわ」

「マスターの貞操の危機やん! どこのどいつやの、わたしがはたいといたる」

こぶしを握った硝子に、そやなあ、とまったり苦笑して、マスターはフライパンに溶いた卵を流し入れた。定食やまだに通い始めて三年。笑顔がかわいいマスターは硝子の現在進行形で片想いのおにいさんだ。

「ほな、どうぞ」

シンプルなケチャップごはんに半熟卵のオムライス、お味噌汁とお漬物。定番のオムライス定食に頬を緩《ゆる》めて、硝子は箸を取った。

「いただきます!」

「はい、召し上がれ」

マスターは泣きぼくろのある目の端をきゅっと寄せて微笑んだ。お味噌汁を啜《すす》ったあと、専用の大きなスプーンでオムライスをほおばる。本当においしい。もぐもぐとほおばっていると、しょこちゃんてほんまハムスターみたいやなあ、とマスターが呟《つぶや》いた。

「ハムスターやないもん。わたしはマスターのお嫁さんになりたい。お見合いはやめて、お嫁さんはわたしにしぃよ」

「おおきに。しょこちゃんをお嫁にもらうひとはしあわせやね」

今日も一世一代の告白をしたのに、マスターにはさらりと流された。めげないめげない、と唱えて、硝子は漬物をかじる。基本的に硝子は超がつくポジティブシンキングだ。短大生の頃からマスターには日々愛の告白をしているのに、さっぱり報われずとも。報われないどころか、三年通い詰めても連絡先はおろか下の名前すら教えてもらえないし、完全に「その他大勢のお客さんのひとり」扱いなのはわかっているけれど。あしたこそはと望みをかけて、やまだに通う。

「今日はしょこちゃんひとりなん?」

「もうひとり友だちが来るはずやったけど、たぶん無理やて。せっかくやし、冷酒飲みながらのんびり待ってみる。平気?」

普段閑古鳥《かんこどり》が鳴いている定食やまだだが、ときどき貸し切りで宴会が入っていることがある。尋ねた硝子に、「ええで。今日はまったり営業やもん」とカウンターに腕を載せてのんびりマスターが言った。

「やまだは毎日まったり営業やもんなあ……」

「ええねん。しょこちゃんとか、常連のおじさんおばさんとか、御贔屓《ごひいき》さんがおなか減らしたときに寄ってもろうたら。あんまり繁盛《はんじょう》すると、入るのにも列になるやん。あれ、よくないで」

「未だにひとり待ちにもなったことない店やけどな……。でもそんな山田さんもわたし、好きやで」

「おおきに」

さらっと好意を伝えたのに、やっぱりスルーされた。唇を尖らせ、硝子は言い直す。

「愛してるで！」

「しょこちゃん、携帯震えとるでー」

「あっ、未和かも」

スマホを取ると、未和の名前でメッセージの受信があった。タップしてメッセージを開き、硝子は眉根《まゆね》を寄せる。用事が終わった、あるいは今日は無理そう、そんな文面を予想していたのだが、画面にはただ一言、簡素な言葉が打たれている。

『ナイトメアはもう見ない』


「なんやの、これ……」

「どないしはったん。お友だち？」

「うーん、なんや変やねん。こういう冗談言う子やないねんけど」

画面を見せると、「間違いメールかね」とマスターも不思議そうな顔をした。

「ちょっと電話してみる」

アドレス帳から未和の番号を呼び出して、通話ボタンを押す。何度か呼び出したあと、不在時の自動音声に切り替わった。もう一度電話をかけてみたが、やはり通じない。

「なんやの……？」

「車内かもしれへん、メール打ってみたらどうや」

「そやな。それあるかも」

手間取りながらメッセージを打つ。マスターは外のひとだから、なんや変なメールやな、くらいにしか思わなかったかもしれない。けれど、ナイトメアという言葉は硝子たちにとっては別の意味を持つ。

ナイトメア。悪夢。

睡眠時異視症候群罹患者《りかんしゃ》に共通する症状だ。特に情緒が不安定な幼少期や思春期《ししゅんき》に、無秩序に周囲の感情を読み取って視る夢は、自傷や錯乱《さくらん》を引き起こし、時には命を落とすケースもある。罹患者たちはナイトメアを恐れている。心の闇に吸い寄せられるように訪れる、あの恐ろしい悪夢を。それを知っている未和は絶対、不用意にナイトメアなんて言葉を口にしない。だからおかしいと思った。こんなのは未和らしくないと。

「送れた?」

「うん。気付いてくれはるとええねんけど」

「まだ仕事中なのかもしれんしな……。そうや、しょこちゃん。枝豆のアイスあんねん、デザートに食べへん?」

「食べる」

落ち着かない面持《おもも》ちでスマホを置いた硝子に、マスターがやさしく尋ねる。ついでに減っていた麦茶を足して、食べ終えた食器が下げられた。冷凍庫を開けるマスターの背中を見つめ、マスターおおきに、と硝子は呟く。

その夜、定食やまだが暖簾を下ろす十一時まで待ってみたけれど、未和がやってくることも、メールが返ってくることもなかった。

＊

「川上《かわかみ》、無断欠勤やて」

翌日、未和が所属する班の和泉《いずみ》に聞くと、すげない返事があった。未和がきのう夢視をしたのは、三条で起きた古書店の強盗殺人だったらしい。従業員が殺され、店のレジにあった売上金が盗まれた。大通りから離れた立地のため目撃情報が少なく、さっそく夢視の検討《けんとう》がなされたという。

「最初はあんたが夢視するって話もあったんや。ただご遺体のほうは検視に回されとったし、遺留品が押収されたで、川上が先に夢視した」

和泉によれば、未和の夢視自体は問題なく終わったようだ。特殊捜査官が夢視を行うときには、専門医が必ず立ち会うことや夢視を引き起こす薬L－pxの使用許可を取ることなど、細かな規定がいくつも設けられている。事前の体調チェックでは、未和に異常はなかったという。

「未和の夢視はどうでしたか。教えられる範囲でかまへんですけど」

「教えるも教えないも、今回は外れやねん。特段新たな証拠も出えへんかったし」

和泉は捜査用の資料をめくりながら肩をすくめる。

「川上が夢視に使うたのは、凶器となった花器やな。ただ、もともと店のものやったし、犯人像にはうまく結びつかなかったらしい」

「確かに、夢視したからて、必ず新しい証拠を見つけられるわけやないんですけどね」

遺留品から事件の鍵となる記憶を読み取る際、頼りになるのは捜査官自身のスキルや経験だ。重要な記憶には、たいてい当事者の強い想いが宿っている。すぐに見つけ出せることもあれば、うまく共鳴できず、やたらに時間がかかることもある。運や対象との相性もあるから、一概《いちがい》に未和の不調とは言えない。

「わたし、あとで未和のアパート行ってみよかな。大家さんには連絡しました?」

「いちおうな。あちらさんも心配して、部屋行ってみたらしいけど、帰ってきてへんて。なんや知らんけど、突然休むなんて非常識やわ」

「未和、そういう性格の子じゃないはずなんですけど、なんやあったのかな……」

きのう会ったときは疲れが溜まった顔をしていた。夢視のあとは一時的に眠りづらくなったり、悪夢にうなされることがある。かかりつけの心療内科に行ったのだろうか。けれど、それにしたって班長の和泉に連絡くらいは入れる気がする。

「ここだけの話、川上の夢視、近頃さっぱりやってもっぱらの噂《うわさ》や」

「……どういう意味です？」

声をひそめた和泉に、硝子は眉根を寄せる。

「調べがついている情報をトレースするだけ。あるいは、捜査の手がかりにもならない情報を出すだけ。あんたらは、うちらの捜査に新たな切り口や手がかりを与えるためにおるんやろ。これじゃあ使いものにならへんって、上では少し問題になっていたみたいやわ」

「そうですか……」

未和とは班が違うため、同じ捜査一課の大部屋にいても、顔を合わせずにいる日も多い。未和がどの事件で何の夢視をしているか、硝子もすべてを把握《はあく》しているわけではないが、放火犯の夢視はきちんとできていた。何らかの不調で、夢視が安定しなくなっているのか。最近あまり眠れなくて、と言っていた未和の弱々しい笑みがよぎった。あのとき、もう少し話を聞いていればよかったかもしれない。

「あの子、いろんなもん溜めこみがちやねん、心配やわ」

「心配なんはええけど、川上が担当していた事件の夢視、たぶんあんたに回ってくるで」

「ほんまですか？」

「検視が済んだご遺体が戻ってきたんよ。古書店でバイトをしていた大学生で、死因は花器で殴《なぐ》られたことによる脳挫傷。状況から考えると、犯人の顔を見てはる可能性が高い。遺族の同意が得られたらあんたの出番や。ああ、ほら」

笹川、と呼ぶ木賊の声が聞こえて、「ここです！」と硝子は手を挙げた。ありがとうございました、と和泉に頭を下げて、小走りで木賊のもとへ向かう。

「なんや仕事ですか！」

「新人はきらきらしくてええなあ。古書店の件やねん。ご遺体が戻ってきたさけ、おまえ、夢視できるか」

「やります。何時からですか？」

「できるなら、午後イチがええな。薬の使用許可をおまえの名前で発行しておく。それまでに調書読んで、いつもの体調チェックを受けとき」

「わかりました」

夢視、午後一時、といつも持っているノートにメモを取る。デスクに戻ると、硝子は署内の警察医に電話をかけた。

『はい、植村《うえむら》』

ハスキーな初老の声がすぐに受話口から返る。

「ああ先生、今空いてはります？　夢視前の体調チェックをお願いしたいんやけど……」

『ええよ。十時までなら空いとる』

「なら、今から行きます。待っとってください」

よし、と気合いを入れると、硝子は脱いだジャケットを椅子《いす》の背にかけた。


今から十六年前、夢視を用いた捜査を初めて行ったときは、警察や人権擁護《ようご》団体から猛反発があったらしい。

いわく、子どもたちを使った臨床《りんしょう》実験に非人道的な行為はなかったのか。彼らの健全な育成に影響はないのか。夢視にどこまでの信憑性《しんぴょうせい》があるのか、誤った情報による捜査妨害の可能性はないのか。それらの反対意見を押さえたのが、当時世間を騒がせていた連続婦女暴行事件と、犯人の精液が付着したカーペットをもとに実験的に夢視を行ったササガワの少年の存在である。彼の夢視は、結果的には成功した。

澤井空《さわいあき》。

当時十五歳だった少年は、犯人にまつわるさまざまな情報――名前や住所、家族構成といったプロフィールから、暴行時の心理状態、凶器の形状や購入場所までを読み取ってみせた。あきにはさらに、夢視者の中でも唯一といわれる予知の異能があった。対象者が近い未来にいる場所や行うことがイメージとして流れてくるのだという。

あきの予知をもとに、次の犯行場所と日時を割り出した警察が張り込み、凶行に及ぼうとした被疑者《ひぎしゃ》を現行犯逮捕。そのとき世間を驚かせたのは、あきの語った情報の精度だ。あきの夢視と被疑者の証言を比較したところ、それは寸分たがわず一致した。震撼《しんかん》した、とそのときの事件担当者は語っている。

あきの夢視は鮮烈だった。ころりと風向きを変えた世論に後押しされる形で、夢視捜査の試験導入がその年の暮れに決まった。

しかし、である。導入の決定直後に研究所で放火があり、逃げ遅れた笹川所長が死亡。犯行は夢視捜査反対派の青年グループによるもので、ほどなくひとりを除いた全員が逮捕された。残るひとりは警察官の追跡中に逃亡し、事故死している。

犯人逮捕の数日後、あきは姿を消した。

理由もどこへ行ったのかもわからない。ほかの子どもたちも、家族のもとに帰されたり、養護施設や遠縁に引き取られてばらばらになり、研究は一時中断を余儀《よぎ》なくされた。

それから十五年。あきが再び世間に姿を現すことはなく、その名も忘れ去られつつある。放火があったとき、硝子は七歳だった。幼過ぎたせいか、当時のことはほとんど覚えておらず、あれほど慕っていたはずのあきの顔も、声すらも、今は思い出すことができない。

「脈拍、体温、血圧すべて異常なし。夢視するのは何時や」

「一時。植村先生、立ち会いできます？」

「オッケー。予定空けとくわ」

カルテに硝子の体調を記入して、植村医師はごま塩頭をかいた。署内の医務室には簡易ベッドと検査用の器具が置いてある。植村は亀岡研究所に籍を置く医師で、夢視捜査支援のために府警に出向していた。夢視者を診られる医師はまだ少なく、特殊捜査官を置いた都道府県警には、研究所の医師が出向しているケースがほとんどだ。彼らを通じて集められた捜査官のデータは、薬の開発やメンタルケアの研究にフィードバックされている。

「そういえば、きのう未和の体調チェックしたのも先生？」

「ちゃうよ。きのうは週休やったから、杉野《すぎの》先生のほう。カルテを見た限りは問題なかったようだけど」

「ほいなら、ええけど。未和の話、聞かはりました？」

「今朝和泉さんが来て、カルテ確認しとったからな。欠勤やて？　まだ連絡取れてへんの？」

「うん……。アパートにも帰ってへんて」

「めずらしいなあ。あの子真面目《まじめ》やねん。熱出したって来そうなのに」

「きのう、ちょっと妙なこと言っとったから心配でな」

植村が差し出した白湯《さゆ》に口をつけ、硝子は呟《つぶや》く。

「妙なことって？」

「ナイトメアはもう見ないって一言。ごはんの約束してたんやけど、結局来ぃひんかった。代わりにメールだけ寄越してな」

「ふうん？」

植村は思案げに顎《あご》をさする。

「ナイトメア、なあ。また意味深な言葉やな」

「あの子、夢視のことで先生に相談してはりませんでした？　なんでもええねん」

「和泉さんにも聞かれたけど、特に思い当たらへんな。川上はあんたと違うて、あまり自分のことを話すタイプやないし」

「よく眠れへんとか、言うてなかった？」

「そういう夢視者は多いねん。むしろ、あんたみたいな鋼素材のメンタルのほうが稀《まれ》やで。あんた見とると、昔の澤井を思い出す……」

呟いてから、失言だと思ったらしい。植村は肩をすくめて、「一時にご遺体の保管室な」と話を終えた。硝子もそれ以上は追及せず、洗った湯飲みの水を切る。

「ほな、午後の立ち会いも、よろしく頼みます」

「任せとき」

デスクに戻った植村に軽く会釈《えしゃく》し、硝子は医務室を出た。


未和が担当していた事件の概要はこうだ。

半月前の夜、三条にある閉店後の古書店に強盗が入り、店のレジにあった売上金を盗んで逃走。店主は本の買い付けで市外に出ており不在だったが、偶然犯人と鉢合わせしたらしいバイトの青年が遺体となって発見された。店には防犯カメラが設置されておらず、目撃者もいない。過去の犯罪者リストの洗い出しや、店の関係者への聞き込みを続けているものの、めぼしい証拠が挙がっていないのが現状だった。

机の上に並べた遺留品を眺め、硝子は腕を組んだ。凶器となった鉄製の花器、壊れたレジ、それに店の出入り口付近の床に落ちていた古書が数冊。店主の弥生《やよい》に確認を取ったところ、店に置いていた古書で間違いないそうだ。何故棚《たな》から落ちてしまったのかは弥生にもわからないという。和泉に貸してもらった調書を読み込んでいると、木賊から薬の使用許可が下りたと連絡が入った。

夢視を引き起こす薬L－pxは、睡眠導入剤に数種の遅効性の興奮剤などを配合した特殊なもので、市場での流通はない。特殊捜査官を置いた警察署のみで厳重に管理されていた。

また、使用時には必ず署長名の許可証が必要なのも規定のひとつだ。これには、特殊捜査官による夢視の私用を防ぐほかに、捜査官自身の心身を守る意味合いもある。

「ほな、行きますか」

未和と違って、硝子は死者の記憶を夢に視る。統計上、物やひとを対象とすることが多い夢視者の中では希少な例で、十五年前研究所で放火があったときに、笹川所長の焼死体に触れたのが、硝子の初めてした夢視だった。生きながら焼かれる人間の叫びは、事件のあとも幼い硝子にたびたび悪夢を見せ、一時は眠ることもままならないほどだった。

被害者の遺体が一時的に置かれている保管室に植村と入る。夢視の際、硝子は対象の身体《からだ》に触れる必要があるためだ。保管室は空調が効いていて、ひんやりと冷たかった。係員が遺体を運び出して棺《ひつぎ》を開く。

犯人に撲殺された島渡和也《しまわたりかずや》、二十一歳。古書店でバイトをしていた大学生だ。

硝子は島渡の棺の前に立つと、納体袋のジッパーを下ろす。現れたのは、思いのほかきれいな死に顔だった。前頭部に傷痕が見えたが、そこから死の直前の苦悶《くもん》を想像することはできない。

蠟のように青白い頬に触れて、額を合わせる。

おい、と新米らしい係員が制止をかけようとするが、植村が止めた。いつものことだと。

古代、夢による託宣をし、死者の声を聴き、ものに宿った精霊の声を聴く、そういった者たちは巫覡《ふげき》と呼ばれたそうだ。今は睡眠時異視症候群だなんてたいそうな名前がついて疾患《しっかん》として研究されているが、巫覡のほうが硝子にはしっくりくる。死者の声を聴いた昔の女たち……。

しばらく額を合わせたのち、硝子は顔を上げた。

「よろしくお願いします」

頬にかかった髪を耳にかけ直してスツールに座ると、硝子は植村に腕を差し出した。血圧と脈拍を測る装置がつけられる。機器に表示された計測値を眺め、硝子は深く息を吐き出した。夢視の前はいつも緊張とざらりとした不安が混在している。

この夢から戻って来られなかったらどうしようと。

考えたことのない捜査官はいないだろう。実際には夢視の間は医師がかたわらに待機し、異変が起こったときはただちに夢視を中止する。それでもやはり恐怖は消えない。聞いた話では、御守りを懐に忍ばせて夢視に臨《のぞ》む捜査官もいるらしい。あるいは結婚指輪、思い出の写真、近しい者の形見。それらは文字どおり、硝子たちをつなぎ止めてくれる「御守り」だ。メンタルが鋼素材だと周囲に笑われる硝子はそういったものを持たないけれど、御守りにしている記憶ならある。

——硝子。

幼い頃夜を恐れていた硝子に額を合わせて、あきは囁《ささや》いた。ベッドの上でしゃくり上げる硝子を抱き締めるあきの雪にも似たかおり。低温のぬくもり。

——息を吸って、吐いて。大丈夫。大丈夫。ナイトメアはもう見ない。

（いつもと同じ。わたしは大丈夫）

自分に向かって笑ってみせると、硝子は植村からＬ－pxの液剤をもらう。二十ミリリットルの透明な小瓶《こびん》で、キャップを捻ると甘ったるい香りが広がる。

「今日は何味か、当ててみせよか。バナナ」

「残念、マンゴーや。夏やし」

「マンゴーは生で食べたいわあ」

ぼやいて、硝子は液剤を呷った。飲みやすいよう味付けしてあるらしいが、この人工的な甘さが硝子は苦手だ。顔をしかめて続けざまに水を飲む。口を拭《ぬぐ》うと、硝子は島渡の手を両手で握り締めた。

男性らしく骨ばった、固く冷たい指先だ。それをそっと額に押し当てていると、さざ波が押し寄せるように、薄い靄《もや》が硝子の目の前にかかり始める。指先から力が抜ける。爪先から、腕から、体温が感じられなくなっていく。

『──っ⁉』

目を開いた瞬間、がつっと自分の身体の内側から何かが砕《くだ》ける嫌な音がした。

額から水みたいに血が噴き出す。何が起きたのかもわからないまま、愕然と額を押さえているうちに膝からくずおれた。心臓の音が激しい。こめかみが痛んで口内が渇く。俺は今、殺されかかっている。

『沢田《さわだ》……？』

床にうつぶせたまま、目の前で立ち尽くす男を仰《あお》ぐ。男の手にはへこんだ鉄製の花器が握られていた。いつもはこの店の──弥生古書店のレジ台に置かれている花器だ。朝、店を出る前に弥生が生けた昼顔は、萎れて床に落ちてしまっている。

店の中はひどいありさまだった。店番用の木椅子はひっくり返り、壊れたレジから飛び出した万札が散らばっている。いったい、何が起きたのか。記憶をたぐろうとすると、殴《なぐ》られたらしい頭が痛んだ。一緒に強烈な吐き気がこみ上げてきて、腹の中のものを戻しそうになる。

『おまえ、沢田やろ……？』

えずきながら繰り返すと、呆然《ぼうぜん》としていた男の目に動揺《どうよう》が走る。

沢田とはひと月ほど前、中学の同窓会で久しぶりに再会したばかりだった。昔は優等生っぽいイケメンだったのに、今はがりがりに痩《や》せて、長い前髪の下で眇めた目はうすぐらい。ずいぶん印象が変わったなあ、と思っていると、大学三浪したらしいで、と友人が耳打ちした。二十一歳。もうすぐ就活を始める自分たちに対して、沢田は志望大学への合格を決められないまま、バイトを続けているのだという。

友人たちと近況報告をし合う中で、三条の古書店でバイトをしていることを話した。酒に弱いくせに飲み過ぎたせいで、何を話したかはよく覚えていない。古書店が意外に儲《もう》かっていることや、一冊数十万もする本があるなんて話を考えなしにしてしまったかもしれない。友人たちは興味深げに聞いてくれたけれど、沢田はどこか暗い目をして黙々とビールを飲んでいた。

今日は市外への買い付けで、弥生は店にいなかった。頼むな、といつもの調子で声をかけた弥生に、気を付けていってらっしゃいと玄関を掃除しながら返す。腰をさすりながら出て行く弥生を見て、ふと心配になった。買い付けは結構な体力仕事なのに、祖父ほどの年の弥生は未だにひとりで軽トラックを運転して、相手方の家まで向かう。

『弥生さん、俺も一緒にいきましょか』

『ええって。年寄り扱いすんなや』

こちらの頭をかき回して笑い、弥生は軽トラックに乗り込んだ。

　一日店番をしたあと、決められた手順で店を閉め、ひとり帰宅した。三条の商店街を出たところで、ふとゼミの課題を置いてきたことに気付いて引き返したのだ。まさか、店に強盗に入った元同級生を見つけることになるなんて思いもしなかった。

『くそっ、こんなつもりじゃ……』

　舌打ちした沢田が、へこんだ花器を捨ててきびすを返す。待て、と呼び止めようとして咳《せ》き込む。肘だけで何とか半身を起こすと、目の前の足に手を伸ばした。沢田が肩にかけたスポーツバッグには店の古書が数冊入っている。ほかのものならかまわないが、それだけは見過ごせない。

『金はええ。やけ、うちの本には手を出すなや。大切なもんなんや』

『は、放せや！』

　こちらの気迫に怖《お》じ気《け》づいた様子で、沢田が古書を放り出す。手を振り払われたはずみに、さっき殴打《おうだ》された箇所《かしよ》を棚《たな》にぶつけた。ずしんとした痛みに呻いているうちに、店のガラス戸の開閉音がして、沢田が外へ逃げ出す。追いかけるだけの力はもう残っていなかった。

『あいつ、むちゃくちゃしよる……』

　床の上に仰向けに寝転がって、息を吐き出す。それでも、店の本を守れたことにはほっとしていた。弥生は温厚なたちだが、こと店の本に関しては乱暴に扱うと烈火のごとく怒るのだ。……よかった、弥生さんに叱られるの怖いねん。呟《つぶや》いて、通路の両脇からせり出した本棚を見上げる。いつかバイト代を貯めたら買うのだと取り置いてもらった鏡花本《きようか》も並んでいたが、そのうちぼやけてよく見えなくなった。

『あぁ、あかんな……』

目をこすっていると、頭がまたずきずきと痛みだした。傷口のあたりに指を這《は》わせる。血はまだ流れ続けていて、いったいどれほどの量を失ったんだろうと急に恐ろしくなった。その指先も小刻みに痙攣《けいれん》を始めて、額からずり落ちる。あぁ、ほんまこれあかん。手ぇ震えとるし、頭痛むし、目も霞んで、だんだん、だんだん――……。

「あかん……っ」

細い悲鳴を上げ、硝子は跳ね起きる。

はずみに激しい吐き気が襲ってきて、何度かえずいた。

「救急車呼ばな……なあよう見えへんの、電話どこ?」

ずっと使っていなかったみたいに咽喉《のど》がかすれている。黒く塗り潰された視界の中で感じ取れるのは、自分の荒い息遣いと心臓の音ばかりだ。本能的な恐怖に引きずられてかぶりを振った硝子に、「笹川」と植村が呼びかけた。

「ここがどこか、わかるか?」

背中をさすって、ゆっくり尋ねられる。耳慣れたしゃがれ声に硝子は瞬きをした。額から伝った汗が目に沁みて、視界が緩《ゆる》やかに精彩を取り戻す。不規則な電子音とともに、脈拍と血圧の数値が目の前の機器で明滅していた。握っていたはずの島渡の手はいつの間にか離れ、硝子は棺にもたれかかるように座っている。

「ここ……」

「わかるか、笹川。笹川硝子、聞こえとる」

「……オッケー。返事は?」

声にすると意識が覚醒し、自分が島渡ではなく笹川硝子であることや、ここが古書店の床ではなく警察署であることなどを思い出していく。緊張が切れたみたいに汗が噴き出て、生理的な涙が溢《あふ》れた。植村がティッシュケースを渡す。何枚かまとめたティッシュを顔に押し付け、硝子は乾いた咳をした。

(ちがう、わたしやない)

まだ手に残る血の感触を振り払い、硝子はきつく目を瞑《つむ》る。

(島渡はわたしやない、引きずられるな)

言い聞かせながら、意識して自分の身体の感覚を取り戻していく。指先、手、腕、膝、足。そこに通う血や体温、膚《はだ》に触れる熱といったものを。夢視からの覚醒方法は二年間のトレーニングで学んだ。落ち着いてひとつずつ手順を踏めば、できなかったことは一度だってない。

(息を吸って吐いて。大丈夫。ここはもう夢やない)

スツールの上でじっとしていると、徐々に呼吸や心拍がもとに戻ってきた。腕時計は二時少し過ぎを指している。この様子だと、予定どおりに目を覚ますことができたようだ。

「平気か。どうやった」

「うん。とりあえず植村さん、木賊さん呼んで。犯人が視えた」

まだ鈍い痛みを残しているこめかみを揉《も》んで、硝子は息をついた。


硝子の夢視をもとに、沢田の身元はすぐに特定された。島渡の中学時代の同級生で沢田剛《つよし》。捜査線上にすぐに上がらなかったのは、沢田が中学を転校しており、卒業者名簿に載っていなかったためらしい。沢田の指紋と現場に残っていた指紋が一致したことが決め手となり、すぐに身柄が確保された。島渡の殺害は衝動的に行ってしまったといい、取り調べには素直に応じているという。

「三条のこの通りの裏やったな」

ぎらぎらと照りつける夏の陽射しに目を細め、硝子はスマホに表示した地図を確かめる。人気のない道をしばらく歩くと、弥生古書店の看板が現れた。案《あん》の定《じょう》、店は閉められ、ガラス戸の内側にもカーテンがかかっている。そらそうや、と呟き、硝子は店に向けて頭を下げる。誰にも明かしていない、夢視を終えたあとの硝子の儀式のようなものだった。

「店に何か用ですか」

後ろから声をかけられ、「わっ」と硝子は肩を跳ね上げる。スーパーの袋を腕にかけた初老の男性――古書店店主の弥生だった。記憶の面影よりひとまわりは痩せ、急に老け込んでしまった印象がある。どう答えたらよいか硝子が迷っているうちに、「しばらく店は休みにしとるさかい」と弥生が言った。

「そうですか。残念です」

「何かお探しでしたか。知り合いの店を紹介しましょうか」

「いえ、平気です。……その。鏡花本のことが気になって」

「鏡花本?」

「棚の上のほうに置いてあった、箱入りの。きれいやな思てたんですけど」

「ああ、あれな」

思い当たった様子で、弥生は眉尻《まゆじり》を下げた。

「あれはもう売らへん。すいまへんけど」

淡々と答える声に隠しきれない悲しみがのぞいて、硝子は口をつぐんだ。島渡があの本に思い入れがあったことを弥生は知っていたのだろうか。あるいは、硝子が知らないだけで、弥生と島渡のあいだには秘密の約束があったのかもしれない。それは夢視をしても触れることができない、今は弥生だけが知る島渡の物語だ。

「ほいなら、いいんです」

眉を開き、硝子は顔を上げる。

「お店はもう開けないんですか」

尋ねると、「どうやろなあ」と弥生が首をすくめる。

「一瞬なんや。壊れるときは一瞬」

「……はい」

「もっかい積み上げるのは、しんどいもんやで」

苦く笑い、弥生は頭を下げた。

弥生古書店をあとにして、ひとの行き交う三条の商店街を硝子はひとり歩く。古書店には仕事のついでに寄っただけなので、これから府警に戻って積み上がった書類と格闘しなければならない。普段なら気が滅入るが、今日はひとり家に帰るよりはマシな気がした。

駅の地下通路に入ったところで、鞄《かばん》の中のスマホが一度震えた。すぐに取り出すが、ただのダイレクトメールで、待っていた相手からの連絡ではない。肩を落とし、硝子はこちら側の発信ばかりが並んだ通話履歴を見た。

「未和。あの子、どないしたんよ……」

謎のメッセージを残して未和が消えてから一週間。未だに未和とは連絡が取れていない。あのあと何度か電話をかけてみたものの、決まって不在の音声に切り替わってしまうのだ。まさか未和の身に何かがあったのか。膨らんでいく不安を飲み下し、硝子は頭を振った。

＊

硝子が所属する京都府警捜査第一課は、おもに殺人、強盗、放火などの凶悪事件を担当する。警察でも花形と呼ばれる部署だが、残業がとにかく多く、実績でつけられる手当は雀の涙ほどのうえ、ひとたび事件が起きれば休日だろうと現場に急行しなければならない。プライベートなどあったものではないブラック職場でもある。

中でも当直中の夜明け方に入電があったときはつらい。今日もあと一時間で勤務を交代できるところで、府警に入電があった。東山署の管内で死体が見つかったのだという。数日前に捜査本部が立ち上がっていた通り魔事件との関連が疑われたため、木賊班も現場に向かうことになった。

「ちょうど検視が終わったところみたいやな」

遺体が見つかった公園はブルーシートで覆《おお》われ、検視官が引き上げ作業を始めていた。大股で歩く木賊の背を硝子は小走りで追いかける。夏場のため、腐乱し始めた遺体の臭いがあたりに充満している。鼻が曲がりそうやな、とぼやきつつ手袋をはめていると、隣にいたはずの化野の姿がない。見れば、はるか後方で立ち止まった化野は、額に脂汗を浮かべ、端整な顔を真っ青にしている。

「ちょお、化野さん平気？」

「いや……」

首を振りかけてから口元に手を当て、化野はくるりときびすを返した。そのまま公衆トイレにダッシュする男を硝子は呆けた顔で見送る。

「あのひと大丈夫なん……？」

「まあ、最初のうちは誰だってあんなもんやろ」

おまえは動じんなあ、と木賊が感心したように言い、遺体の前で手を合わせる。被害者は二十代半ばの男性で、着衣にやや乱れがあり、腹部には数センチの刺し傷。凶器はまだ見つかっていないという。近くに落ちていた男の鞄の中には、ノートパソコンのほかに辰巳ヘルスという健康食品販売会社の社員証が入っていた。それによれば、名前は有川進《ありかわすすむ》、二十五歳。遺体の状況から判断して、死後一日半ほど経っているようだ。

「一日半もよう見つからへんかったですね」

「ここらは樹がこんもり茂ってるからなあ。公園の清掃《せいそう》ボランティアが来るのが毎週火曜と金曜。日曜の夜殺されて、今日臭いに気付いたボランティアさんが見つけはったっちゅうわけや」

検視官から遺体の状態を聞いたあと、木賊は発見者である清掃ボランティアの女性に話を聞きに行く。早朝六時。すでにじりじりと焼けつくような陽射しが今日の暑さを予感させる。

京都の夏は殺人的だ。硝子の家の冷蔵庫の野菜たちだってあっという間にだめになってしまうのだから、この暑さの中、公園の草むらに放置された死体なら言うまでもない。確認の済んだご遺体にビニールをかぶせ、警察官たちが運ぶ姿が見えた。

「ちゅうか、化野は何しとる。まさか便所で倒れとるんやないか」

聞き取りを済ませ、車に引き返そうとしたところで、化野が戻っていないことに気付いたらしい。木賊が顔をしかめていると、公衆トイレからふらふらと化野が出てきた。

「おい、平気か」

「すいませんでした……」

遺体が片付けられていたことに心なしかほっとした様子で化野がうなずく。しかし、特有の臭いはまだあたりに残っている。うっ、と頬を引き攣《つ》らせて、化野が顔をそむけた。

「おまえなあ、毎度それやとキリないで。ちっとは気張れ」

「……すいません」

「笹川はけろっとしとんのに、ったく」

肩をすくめ、「戻るで」と木賊は軽く化野の背を叩く。歯に衣着せないが、からっとした気性の木賊はしつこく嫌味を言ったりはしない。俗に京都人は遠回しに嫌味を言うなんていわれるけれど、木賊も硝子も明快な性格をしていた。ちなみに化野は生まれも育ちも東京だ。浅草寺のそばらしい。

「俺も小便行ってくるわ。笹川、車こっちまで回しとき。あと飲み物」

「アイスコーヒーでいいですか」

「ああ。微糖な」

ヤクザさんやろあんたという顔のわりに、木賊はブラックが飲めないらしい。前に硝子が買っていったら、こんな苦いもん飲めるかと叱り飛ばされた。店でコーヒーを頼んだときも、角砂糖を三つ四つ放り込んでいる。

「……脳筋が」

木賊がいなくなったあと、化野が毒づいた。舌打ち交じりの声は小さかったが、隠そうとする意図も感じられない。あんたなあ、とお節介《せっかい》とは思いつつも硝子は口を開いた。

「その口が悪いの、どうにかならへんの」

「おまえみたいな、腐乱死体見ても平然としてる女に言われてたまるかよ」

「わたしかて、好きなわけやないわ。仕事やし、やっとるんです」

「へえ、見上げた心意気だな。他人の記憶を盗み見てる奴は言うことが違う」

む、と硝子は口を捻じ曲げる。

春に配属されてから、化野は何かと硝子に突っかかることが多かった。化野は今二十五歳。東京の大学を卒業したのち、国家試験に合格して警察に入った。ゆくゆくは警察組織を管理する立場となる人間だが、今は研修のためあちこちの部署を回っている。

化野は硝子みたいな専門職が一時であれ、同僚として机を並べているのが気に食わないらしい。特殊捜査官に否定的なスタンスであるのも、言動の端々から伝わってきた。とはいえ、硝子も言われっぱなしになっているタイプではない。

「化野さん、盗み見いうんは失礼やわ。撤回《てっかい》して」

「ふん。盗み見てるもんは見てるだろ。それを公権力でやってるってだけの話で」

「あんたなあ――」

「笹川！　化野！」

言い返そうとすると、トイレから出てきた木賊が怒声を発した。

「おまえら何突っ立っとんねん。車は？　コーヒー微糖買っとけ言うたよな。だべってる時間あったら動けや」

声の調子で木賊が本気で怒っているらしいことを察する。木賊の雷が怖いのは、硝子と化野の唯一といっていい共通認識だった。言い合いは一時休戦にして、硝子は駐車場に、化野は自販機へと走る。


その日確認した遺体の解剖《かいぼう》結果は一週間後に出た。

「体内から興奮剤を検出……」

報告書を一読し、硝子は眉をひそめる。添付の詳細データをめくっていると、「笹川、化野」と木賊に声をかけられた。

「……また死体ですか」

「あいにく違う。まあ、ちょっと来い」

硝子も揃ったのを見て取ると、木賊は会議室のドアを開けた。南向きの部屋は入ったとたん、むっと熱気が押し寄せる。ブラインドを下げ、硝子が冷房をつけていると、占出管理官が遅れて中に入ってきた。長い首に今日はキリン色というよりは、サイ色のネクタイをつけている。

「有川進の検視結果には目を通しましたか？」

部屋の内鍵をかけ、占出が切り出した。会議用のテーブルに占出と木賊、対面に硝子と化野が座る。

「体内から興奮剤が検出されたそうですね。L‐pxにも含まれているやつや」

「えるぴーえっくす？」

「わたしら捜査官が夢視のとき使うてる薬です」

怪訝《けげん》そうな表情をした化野に硝子は短く説明した。特殊捜査官には馴染《なじ》みのある薬だが、一般の市場には出回っていないので、化野が知らないのも無理はない。

「中毒性がある薬なのか……？」

「捜査官が使用するぶんには問題はないですよ」

口を開こうとした硝子をおっとりと制して、占出が補足した。

「L‐pxには、夢視者の脳を刺激する数種の興奮剤が入っていて、これがスムーズな夢視を促します。規定量を摂取《せっしゅ》するぶんには、健康を害することはありません。ですが、近年特殊捜査官の活躍が取り沙汰されるにつれ、L－pxの模倣薬《もほうやく》が裏で出回るようになりましてね。望みどおりの夢が見られるという触れ込みつきで、ネット上ではかなりの値をつけて取引されています」

ノートパソコンを立ち上げた木賊が、模倣薬の取引がされている掲示板を見せた。いくつかの隠語が交わされる中にL－pxらしきものがあり、信じられないような高値で買われている。

「なんやの、これ。えっらいぼろ儲《もう》けしてはるみたいですけど」

「だいたいはL－pxをうたったただの興奮剤や。うちでも何度か摘発しとんねんけど、イタチの追いかけっこやな」

腕を組んだ木賊が息をついた。

「死んだ有川進は、辰巳ヘルスの従業員だったようです。この辰巳ヘルスにも規制薬物販売の疑惑がありましてね」

「もしかしてこの間の事件、辰巳ヘルスがらみのトラブルが原因ですか？」

尋ねた化野に、「どうでしょうね」と占出が細い眉をひそめる。

「有川には興奮剤の過剰《かじょう》摂取で入院歴があります。特に摂取後は人格が豹変し、周囲とトラブルを起こすことも多かったらしい。今回の事件はその可能性も視野に入れて捜査を進めています。ただ、今問題となっているのは彼のノートパソコンに保存してあった、辰巳ヘルスの顧客リストのほうですね。そこに川上未和——川上さんの名前がありました」

「未和の？」

　思わぬ方向に転がった話に硝子は瞬きをする。

「ここからは署内でもわずかな人間しか知りません。他言は絶対にしないという条件で聞いてほしいのですが……」

　そう念押しすると、占出はテーブルに置いた手を組み直した。

「ひと月ほど前に署内でL－pxの紛失がありました。量はちょうど新品の二十ミリリットル瓶《びん》が一本。管理の担当者が偶然、瓶のひとつが栄養剤と入れ替えられていたことに気付いて発覚しました。中身は未だに見つかっていません」

「まさか、誰かが持ち出した……？」

「考えたくはありませんが。そしてその『誰か』として濃厚なのが川上捜査官です」

　硝子は今度こそ絶句した。

「未和が？　嘘やん、そんなの何かの間違いですって！」

「笹川」

身を乗り出そうとした硝子の首根っこを木賊がつかむ。

「話を聞けっちゅうに。占出管理官だって、なんもあてずっぽうで川上やて言うてるわけやない」

「ですけど」

「L－pxの管理簿や職員の出退勤記録、防犯カメラを調べたところ、計八本の紛失が発覚し、川上さんが当直時ひとりで管理室に出入りしていたという目撃情報も出てきたんです。さらに、彼女のロッカーからは、L－pxの代わりに入っていた栄養剤や入れ替えの際に使用する器具が出てきた」

占出の口ぶりは淡々としているが、L－pxを持ち出したのは未和だと半ば確信しているようだ。声を失した硝子に、占出は続けた。

「辰巳ヘルスでは、L－pxとうたったドラッグを裏で販売しているようです。調べがついている限りどれも模倣薬のようですが、川上さんが裏で辰巳ヘルスの社員にL－pxを流していたとなれば、話は違ってきます。ですから――」

占出はこの場に揃った面々を見渡した。

「君たちと木賊先輩には、川上捜査官の行方を追ってほしい。君たちが受け持っている案件はいったん別のメンバーに振り直します。性格から彼女の単独行動とは考えづらく、組織的な犯罪の可能性もある。どちらにせよ、この状況では事態を放っておくわけにはいきませんからね」

すでに聞かされていた話らしく、木賊は特段驚いた様子もなくパソコンを片付けている。

「ひとついいですか」と化野が手を挙げた。

「川上は現役の捜査官ですよね。もし仮に川上が持ち出したL－pxを辰巳ヘルスに流していたという場合……不祥事になりますよね、これ」

「ええ、そうなります」

占出は表情を変えずにうなずいた。

「世間のバッシング、警察不信だけでなく、特殊捜査官反対派や反政府団体からの批判など、さまざまな分野への波及が考えられます。だからこそ、捜査は慎重に進めなければならない。木賊先輩ならその点安心ですし、笹川さんは夢視のスペシャリスト。君の機動力にも期待していますよ、化野くん」

若くして管理官にまで上りつめた占出は、化野にとっては一目置く存在らしい。期待していると言われて悪い気はしなかったらしく、はい、とめずらしく殊勝にうなずいた。

「笹川さんも異存はありませんね」

「……はい」

「管理官、こいつは川上の友人でしょう。いいんですか。何かあったとき、庇《かば》いだてするかもしれませんよ」

「笹川はそこまで阿呆《あほう》やないやろ」

ふんと鼻を鳴らして、木賊が硝子の肩を小突いた。

「なあ、笹川。友人やろが恋人やろが、しょっぴくのが俺らの仕事やもんなあ?」

「言われなくともわかってます」

どうだか、という顔をする化野をひと睨《にら》みしてから、「夢視は難しいんですか」と硝子は占出に尋ねた。未和の遺留品をもとに、特殊捜査官が夢視を行えば、何らかの証拠をつかめる可能性がある。未和のほかにも物から記憶の読み取りができる特殊捜査官は、近隣の県警にいたはずだ。

「課長を通じて応援要請をしていますが、難しいかもしれません。夢視は殺人事件や強盗、放火といった凶悪事件にしか使わないという規定がありますからね」

「待っててもしゃあない。ひとまず、川上の自宅に行ってみよか。何や手がかりが残っているかもしれへん」

立ち上がった木賊は、さっそく車のキーを取り出している。

「よろしくお願いします。川上さんが何らかの事件に巻き込まれている可能性もあります。

彼女の保護を第一に考えましょう」

　占出の穏やかな声でその場は散会となった。


　祇園祭の宵山《よいやま》のため、四条通《しじょうどおり》や烏丸通《からすまどおり》に交通規制がかかり、そのあおりを受けて市内の各所で渋滞が発生していた。裏道を使って渋滞をかわしながら未和のアパートのある岡崎に向かう。山鉾や露店の出ている通りからは離れているが、どことなく街全体に祭りのにぎわいがあった。あしたは祭りの最大の盛り上がりである山鉾巡行が大通りで行われる。

「くっそ、ハレの日に仕事か。気が滅入るな」

「木賊さん、祭り男っぽいですもんね」

　ハンドルを切りながら硝子は苦笑した。

「そら、餓鬼の頃から七月ゆうたら祇園祭やねん。笹川は？　おまえもここの生まれやろ」

「うーん、育った場所は亀岡でしたし、あんまり記憶にないです。どちらかというと、近所のお祭りのほうが楽しかったかも。露店でじゃがバタ買うたり、射的やったり」

「おまえ、昔から食い意地張ってそやな。なんでそれで太らんかねえ」

「やらしい目で見んといてください。セクハラですよそれ」

　よくも悪くも薄っぺらい体型を木賊が冷やかすので、硝子は唇を尖らせた。

硝子は物心ついてから七歳まで京都亀岡にある研究所の施設で育った。硝子の母親はシングルマザーだったが、家計が苦しく、国が行っている健康診断で硝子に「睡眠時異視症候群の疑いあり」という結果が出ると、すぐに研究所に硝子を預けた。研究所を焼け出されたあと、集められた子どもたちはそれぞれ家族や親類のもとに帰っていったけれど、硝子の母親はその頃には行方をくらませてしまっていた。

行き場所を失くして五年間遠縁をたらい回しにされた。当時は有効な薬が少なかった上、幼い硝子の情緒はひどく不安定になっていた。龍彦の最期を夢に見ては悲鳴を上げて飛び起き、夢と現実を混同して妄言《もうげん》を吐く。ほかの子どもとは明らかに異なる硝子を、親戚の大人たちは皆気味悪そうに見た。あきのように大丈夫だと背中をさすってくれる大人はいなかった。

研究所の記憶がほとんど残っていないのは、幼かっただけでなく、この五年間のせいかもしれないと前に医者に言われたことがある。ストレス経験の引き金となる記憶を、脳がつとめて思い出さないようにしているのだ。その後、すっかり憔悴していた硝子を、養女として引き取ってくれたのが笹川所長の弟で、研究を引き継いだ鳥彦だ。

「しかし、実際夢視をしとるときってのはどんなかんじなんや」

助手席から外の景色を眺めながら、木賊が尋ねた。本来、助手席は次に年少の化野が座るところだが、縦も横もある木賊はこっちのほうがゆったりしているからと言って席を譲らない。

「よくたとえに使われるのは、明晰夢——意識のある夢ですけど、たぶん思てはるよりだいぶ鮮明ですよ。わたしなんかは、対象になりきって追体験しているかんじですね」

「そやけど、異視症候群の奴ら全員が夢視ができるわけやないんやろ」

「まあ、そうですね」

未和の捜索にあたって、木賊なりに夢視者のことを調べたらしい。硝子はカーナビで道を確認しつつ顎《あご》を引いた。未和の家には何度か遊びに行ったことがあるが、裏道をいくつも経由しているせいで、慣れない道に出ていた。

「病気にも軽いのと重いのとありますやろ。睡眠時異視症候群も同じです。ちょっと医学的な話をしますけど、異視症候群ってのは脳の一部の感覚野が過敏いうだけで、ほかは一般人と変わりません。俗にいう超能力者とはちゃいます」

「本来、物には物の記憶が宿っとる。うちらのほうにそれを感じ取る器官がないだけ、もしくは使われてないだけ——笹川先生はそう説明してはったな」

「よう勉強してはるやないですか、木賊さん」

「つまり、おまえらは俺たちが使うてない感覚野で、物や人の記憶を読み取る。そして、それを夢という形で視る」

「罹患者のうちだいたいの子は、断片的で曖昧《あいまい》な夢を視はるんです。なんや悲しいかんじやったなあ、とか、知らない景色が視えた気がするとか。はっきり意味付けができるレベルの夢が視られるのは数パーセントですね。ほかの罹患者と区別するために、夢視者て呼んでます」

「川上は物からの夢視、おまえは死者。ほかにもいろいろあるんか」

考え込むように顎をさすって、木賊が尋ねる。五十代のベテラン刑事だが、木賊は思考に凝り固まったところがなく、年少の硝子にもわからないことはあれこれ聞いてくる。そういう率直さには、配属された当初から好感を抱いていた。

「統計上は大きく分けて、物からの夢視と人からの夢視のふたつが大半を占めるみたいです。どちらになるいうのは、相性みたいなもんですね。共鳴しやすいのが物か人か、ていう」

「おまえもいちおう、人になるのか？」

「たぶん。子どもの頃に死体に触れたことがあって、感じ取れる対象がそっちに寄ってしまったらしいなんて聞きましたけど」

そもそも夢視は偶発的に起こるもので、夢視者自身で制御することはほぼできない。捜査で行う夢視にL－pxが必要とされるのはこのためだ。

「L－pxがアクセルやとしたら、普段わたしらが飲んでるのはブレーキ——感覚抑制剤のほうです。意図外でばんばん夢視してまうと、身体《からだ》に負担がかかりますし、ある程度制御しないと安心して眠ることもできひん。夢視レベルまではっきりしたものでなくても、周囲のふわっとした感情を知らないうちに読み取って、夢に視ることもあります。特に子どもの頃は心身そのものも安定しませんし、そのせいで周囲に影響されてよう悪夢を視るんですよ。うちらは『ナイトメア』て呼んでますけど——」

『ナイトメアはもう見ない』。

　未和が最後に送ってきたメールの一文を思い出し、硝子は口を閉ざした。未和とのやり取りは、占出と木賊にも見せてある。すぐに思い当たったのだろう。「ナイトメア？」と木賊が頬杖《ほおづえ》を解いて聞き返した。

「笹川先生が医学用語にもしてはったはずです。異視症候群罹患者の特徴的な症状である悪夢——『ナイトメア』のせいで命を落とすなんてことも昔は結構あったんですよ。今は抑制剤もだいぶいいのができて、そういう子は減りましたけどね」

「……おまえも視たことがあるのか、その、ナイトメア」

「そらありますよ」

当たり前です、と硝子は肩をすくめた。

「でも、今はよっぽどでないと視ませんん。もともと思春期を抜けたあたりで落ち着く疾患《しっかん》ですしね。わたしと未和みたいに、この能力を仕事に生かそういう子もいますけど、だいたいは薬でうまーく病気とつきおうて、普通に社会生活送ってる子がほとんどです。軽度だと、思春期を抜けたらぱったりなぁんも見えへんようになったいう話もようありますし」

話していると、目印のガソリンスタンドの看板が見えてきた。左折してすぐに「メゾン・ナルカミ」と書かれたアパートが現れる。ここです、と言って、硝子は近くのコインパーキングに車を止めた。

「未和ちゃんねえ。そうなんよ、ずっと家に帰ってこぉへんみたいで。家賃はいつもどおり月初に入れてくれはったんやけど」

あらかじめ連絡を取っておいたアパートの大家さんは、硝子がドアフォンを押すと、すぐに鍵を持って出てきてくれた。何度か未和の家に遊びに来ていた硝子は大家のおばさんとも顔見知りだ。未和が欠勤していることを説明し、部屋に入らせてもらった。

「未和から連絡はありました？」

「それがなくってね。心配やねん、あの子身寄りがないでしょう」

研究所が閉鎖されたときに、未和は祖父に引き取られたが、その祖父も七年前に病気で亡くなっていた。父親は不明で、母親も未和が子どもの頃に早逝している。

1LDKの部屋は、ずっと窓を閉めきっていたせいか、どことなく澱んだ空気が溜まっていた。部屋干しされた洗濯物はハンガーに掛かったままで、テーブルにはノートパソコンが置きっぱなしになっている。大家さんが窓を開け、換気扇を回した。

「ほな、終わったらまた声かけてください」

硝子たちに冷やした麦茶のペットボトルを渡して、大家さんはドアを閉めた。

「ここ自体は一度、大家さんも確認してはるんですよね」

「欠勤した初日にな。和泉もそのあと見に行ったみたいやけど、何もなかったって」

汗の滲《にじ》んだ首筋にハンカチをあて、木賊は麦茶のキャップを回した。一気に半分ほど飲み干したあと白手袋を取り出す。

「ほな、めぼしいもん入れてくで」

未和の部屋のどこに何があるかは硝子もなんとなく知っている。ノートパソコンに通帳、印鑑、ダイレクトメールや手紙のたぐい。堪忍《かんにん》な、と胸のうちで未和に詫びながら、手紙の内容をざっと確認する。律儀《りちぎ》な未和らしく、同級生や学校の恩師とのやり取りがほとんどで、不審なものは見当たらなかった。

「笹川。川上のパソコンのパスワード、心当たりはあるか?」

「さすがにわかりませんよ。未和、そのあたりきちんとしてはったし。開かないんですか?」

「ここでは無理やな。あとで科捜に回して、データ見てもらうか。あいつが本気で隠れよう思っていなくのうなったなら、データを消してる可能性もあるしな」

「スマホのほうは見つかりませんね」

机周りをひととおり確認した化野が言った。

「未和がいつも使うてるショルダーバッグがない。財布もスマホもたぶんそっちに入っていると思います」

「今日び、パーソナルな情報はスマホのほうに入れとるからなあ。そっちに予定つけてはる奴もおるし」

「ああ、わたしもときどき日記つけてますよ。アプリで」

「へえ。笹川も意外に女子っぽいことするんやな」

「どうせ仕事の愚痴《ぐち》か恋のポエムですよ」

段ボールに書類を入れた化野が見たようなことを言った。

「化野さん、なんでわたしの恋愛事情知っとるの⁉」

「ここの歓迎会でずっと喋《しゃべ》ってただろ。定食屋のオヤジのはなし」

「オヤジやのうて、おにいさんやわ。失礼やなあ」

顔をしかめた硝子に、「三十超えた男なんておじさんだろ」と化野が鼻で笑う。

「おまえら仲ええなあ」

おじさんになって久しい木賊は複雑そうな顔で首をすくめた。縦にも横にもどでかい木賊は、1LDKのアパートではいやに窮屈《きゅうくつ》そうに見える。心なし肩をすぼめるようにして洗面所に並んだ化粧品《けしょうひん》を手に取っていたが、そのうち「これ」と声色を変えた。

「睡眠薬とちゃうか」

木賊が摘まんでいるのは錠剤の入ったシートだ。そばの薬袋には、岡崎にあるクリニックそばの薬局名が印字されていた。処方箋を確認すると、やはり睡眠薬のようだ。

「ここ、心療内科専門のクリニックですね。確か未和が通院したはる言ってた気ぃします」

「睡眠薬は？　昔から使うてたんか」

「さあ、そこまでは。ただ……」

最近あまり眠れなくてな、と弱々しく笑う友人の姿が脳裏《のうり》によぎった。そのことを伝えると、「ここのクリニック行ってみるか」と木賊が言った。未和の主治医であれば、彼女が抱えていたトラブルについても何か知っているかもしれない。スマホで検索すると、今日は休診だが、あすは朝からやっているようだった。

未和の持ち物が少なかったため、運び出す段ボールは三箱で済んだ。大家さんにお茶のお礼を言って鍵を締めてもらう。

運び出した押収品にそれぞれタグをつけ、リストを作成し終える頃には、夜の十時を回っていた。捜査本部のメンバーはこれから会議を始めるようだが、木賊班は今日付けで捜査から外されている。自席に残っていた木賊にプリントしたリストを預けて、硝子は府警を出た。

藪ノ内《やぶのうち》町にある京都府警から硝子の住むアパートまでは、歩いて三十分ほどかかる。祭りの残り香が漂う夜の空気は、いつもより熱っぽい。今年も山鉾見れへんかったなあ、などと思いながら、凝った肩を回していると、腹の虫が鳴った。

「おなか減ったたな……」

コンビニに向かいかけていた道を引き返す。まだやっとるかな、もうやってないかもしれへん。時計とにらめっこをしながら、鴨川沿いの通りから少し離れた定食やまだへ。すりガラスから中の明かりが漏《も》れていたが、暖簾はしまわれていた。ガラス戸の前で息を切らしたまま、もじもじとためらっていると、「はいよー」という声が中からした。

「いらっしゃい、しょこちゃん」

開いたガラス戸から顔を出したマスターに、不覚にも涙腺が緩《ゆる》みそうになる。鼻を鳴らして、硝子は手の甲で目をこすった。硝子はこの顔に弱い。いつも気を張って背伸びしているぶんが急になくなって、はじめて定食やまだに来たときと同じ、中学生の頃の自分に戻ってしまう。

「オムライス定食、まだありますか……」

鼻を啜《すす》ってそれだけを吐き出すと、瞬きをしたマスターが微笑《ほほえ》む。

「限定一食しょこちゃんスペシャルなら残っとるよ。ほら暑いで、中入り」

限定一食しょこちゃんスペシャルは、十年前から定食やまだの隠しメニューになっている。

笹川龍彦の弟である鳥彦に引き取られた頃、硝子は長期間のストレスから病を悪化させ、半ば廃人に近い状態になっていた。ごはんもろくに食べず、日がなベッドに横たわって夢と現実のあいだをさまよう。虚ろな表情で朝も夜もぼんやりしている硝子を心配し、鳥彦の母親の椎葉《しいば》おばあさんは、何かにつけ硝子を外に連れ出そうとした。

その日は椎葉おばあさんの舞のお稽古についていったのだと思う。稽古場からの帰りに偶然立ち寄ったのが定食やまだ。やまだと染め抜かれた暖簾をくぐったとたん、夕飯前のお台所のようなあったかい空気が硝子を包んだ。

『いらっしゃい』

エプロンをつけた大学生くらいのおにいさんが明るく声をかける。

『何にしはりますか?』

『ほな、しょこちゃん』

椎葉が促すが、硝子はふるふるとかぶりを振って俯《うつむ》いてしまう。びっくりしたような顔をするマスターに、仕方なく椎葉が黒板に書いてあったメニューからトマト煮込みハンバーグを選ぶ。はいよ、と応じて、マスターが温かいお茶とおしぼりを出した。

『こんにちは。しょこちゃんいうん?』

腰をかがめて尋ねたマスターに、硝子はこくりと首だけを振る。大人の男のひとが怖くて椎葉にくっついていると、申し訳なさそうに椎葉が頭を下げた。

『すいまへん、この子、ちょっとひと慣れしてへんで』

『最初はみんなそんなもんですて。な、しょこちゃんは何が好きなん?』

カウンターの奥にある厨房《ちゆうぼう》に戻って、マスターは冷蔵庫から野菜を取り出した。硝子は固く俯いたまま答えない。怒られるだろうかと思っておそるおそるうかがうと、水気を切った胡瓜《きゆうり》をまな板に載せ、マスターはまったりと会話を続けた。

『ほいなら、好きな色は？』

『色？』

『赤、緑、黄色。どれが好き？』

『……きいろ』

『ええな。黄色い野菜はおなかを元気にするで。かぼちゃとかバナナとかな』

『バナナは果物やろ』

ついい言い返してしまうと、マスターはうれしそうに目を細めた。笑うと、泣きぼくろのある目の端にきゅっと皺《しわ》が寄る。かわいい笑い方だった。

『ほな、今日はしょこちゃんの好きな黄色で、しょこちゃんスペシャル作ったる。限定一食、しょこちゃん用や』

『……ほんま？』

しょこちゃん用、という言葉に久しぶりに胸が弾んだ。おずおずと聞き返した硝子に、『デザートもつけたるで』とマスターが微笑む。

調理をするマスターの手つきは軽やかだ。胡瓜とレタスとコーンでサラダを作って、刻んだ野菜を使いこまれたフライパンで炒める。難しいことなんかしていない。立派な食材も出てこない。それなのに、フライパンでごはんを炒めるマスターは、絵本に出てくる魔法使いみたいにすてきだった。

『しょこちゃんスペシャルお待たせ』

知らず見入っていた硝子の前に、マスターがオムライスとお味噌汁、うさぎの形のりんごとバナナを添えたスペシャルメニューを置く。硝子は思わず声を上げた。ほかほかと輝いているオムライスも、わかめとおあげさんの味噌汁も、デザートの果物もみんなおいしそうだった。

『いただきます』

大きなスプーンいっぱいに載せたオムライスをほおばり、硝子は相好《そうごう》を崩す。

『おいしい!』

『よく嚙《か》んで、召し上がれ』

あとになって聞くと、彼はその頃はまだ調理師免許取り立ての見習いさんに過ぎなかったのだという。それでも、硝子にとってそれは世界でいちばんおいしいオムライスだった。たった、六百五十円。見習いのおにいさんが作った、何の変哲もないオムライスにわたしは命をもらったのだ。

次に定食やまだに足を運んだのは、短大生になってこちらで独り暮らしを始めてからだ。おぼろげな記憶を頼りに店を探すと、少しだけ外装が古くなった定食やまだが住宅街の中

にちょこんと現れた。そして先代から正式に店を継いだマスターが「いらっしゃい！」と
あのときと変わらない笑顔で硝子を迎えたのだった。

「マスターはおとうさんとあまり似とらんね」

デザートの黒蜜わらび餅をつつきながら、硝子は店に飾られているおやじさんの写真を
眺めて呟《つぶや》く。

「ああ、それよう言われるわ。おとうさんは小柄なほうやったんやけど、俺は縦に長いし」

「おかあさんもちっさいもんなあ。でも、笑い方はそっくり」

「そうやろか。自分じゃわからへんけど」

マスターのおとうさんは十年ほど前に、心筋梗塞《しんきんこうそく》で亡くなったらしい。調理師免許取り
立てだったマスターは、その頃からこの店をひとり切り盛りしている。

「そういえば、お友だちからまだ連絡は返らへんの？」

硝子の湯呑みにお茶を注ぎ足して、マスターが尋ねた。

「うん……。なんやわたしの知らんところでいろいろ悩んでたのかもしれへんくて。もっ
と話を聞いておけばよかったなて……」

木賊や化野の前ではまず言わないような弱音がマスターの前だとぽろぽろこぼれてくる。

せやな。そうやなあ。マスターは難しいことや気の利《き》いたことは言わず、時折相槌《あいづち》を打ってくれるだけなのだけど、それが不思議と落ち着くのだった。

「どうしよ、マスター。未和がこのまま帰ってこぉへんかったら」

未和がいなくなってから、ずっと重苦しい不安が胸に横たわっている。このまま未和が帰ってこなかったら。もし未和に何かあったら。考えると、黒々とした渦にのみこまれそうになる。

「思いつめたらあかんよ、しょこちゃん。見えるもんも見えなくなる」

俯いた硝子の頭に、マスターの大きな手が載った。カウンター越しに軽く頭をかき回される。萎んだ心の輪郭《りんかく》をまるく撫でられた気がして、硝子はきつく目を瞑《つむ》った。

「うん。……うん」

「……ココア入れるな。冷たいやつ。ホイップクリームふわっとのせて、シナモン利かすとおいしいんやで」

「マスター」

ほどけかけたエプロンを結び直すマスターの背に、硝子は声をかけた。

「おおきに」

肩越しにやさしい眼差《まなざ》しを向けただけで、マスターは何も言わずに冷蔵庫を開けた。

二章　彼女の透明な足跡

『硝子《しょうこ》、ハッピーバースデー。もう寝てしもうたかな』

　スマホ越しに、くすりと笑う声が聞こえてくる。寮の薄い壁に背を預け、硝子はパジャマ姿で再生されるメッセージを聞いていた。まだ警察学校生だった頃の夢だ。

　全寮制の学校生活はスケジュールが細かく決められており、朝は六時半に起床、夜は十一時に就寝しなければならない。電話もろくにできない硝子を案じて、未和が音声の録音ができるアプリを使い出したのだ。日時を指定して予約送信もできるアプリで、律儀《りちぎ》な未和は硝子の誕生日の零時《れいじ》ちょうどに届くよう設定していたらしい。

『学校生活はどや。あとひと月で卒業やろ。そしたらお祝いしような』

　硝子が好きなあんみつ屋さんの名前を挙げて、一緒に行こうと未和は言った。この頃、未和はもう特殊捜査官として働いていたので、毎日は多忙を極めていたにちがいない。それでも友人の硝子に心を砕《くだ》いてメッセージを送ってくれる、そんな子だった。

『二十一歳おめでとう。硝子はわたしの自慢の友だちやよ』

りりり、と手元のスマホがアラームの振動を伝える。手だけでスマホを探り出してアラームを切り、硝子は大きく伸びをした。

十八歳で京都市内の短大に進学すると同時に、硝子は自分を育ててくれた笹川鳥彦の家を出た。もともと研究一筋の男だったから、硝子の世話は鳥彦というより祖母の椎葉がしてくれていたのだけど、その祖母も硝子が捜査官になったのを見届けたあと病気で亡くなった。

スーツに着替えると、新聞を開いて、冷蔵庫から取り出したタッパーを開ける。梅とじゃこのおにぎり。もうひとつはシンプルに明太子の。それと卵焼きが何切れか一緒に詰めてある。きのう、帰る前に定食やまだのマスターが持たせてくれたものだ。遅くまで残っていたとき、マスターはこんな風に「朝ごはん」を余った食材で作ってくれることがあった。

「んま！　この卵焼きうまっ！」

お出汁《だし》で味付けしただけなのに、冷めてもぜんぜんおいしい。硝子もいちおう自炊はしているが、マスターがさっと作る、そう手が込んでいるように見えない料理と何故こんなに違うのか、ちょっとしたミステリーだ。ぜんぶ食べてしまうのがもったいなくて、残した数切れを冷蔵庫に戻しておき、ごちそうさまでした、と手を合わせる。

朝食を終えると、ピルケースから錠剤を取り出す。睡眠時異視症候群罹患者《りかんしゃ》が常用している感覚抑制剤である。これを飲んでおかないと、日中に触れた他人の記憶や感情が無秩序に夢に現れることがあるからつらい。硝子が夢視《ゆめみ》をできるレベルで共鳴するのは死者だけだが、ひとや物から曖昧模糊《あいまいもこ》としたイメージを受け取って、夢に視ることはあった。

流しでコップを洗っている最中に着信が入った。表示された名前は木賊《とくさ》班長。タオルで手を拭きながらスマホを耳にあてる。

「はい、笹川です」

『すまん、岡崎のクリニックやねんけど、別件で手が離せそうにない。化野《あだしの》を向かわせたから、直接現地で合流してくれ』

「わかりました。何かあったんですか?」

『有川殺しの件、被疑者《ひぎしゃ》があがった。通り魔事件とは無関係の、タチ悪いごろつきやわ。帰宅途中に因縁つけられたとかで、揉《も》めてたらしい。捜査は外されとるけど、いくつか引き継ぎしてから行くわ』

受話口からも現場の喧騒が伝わってくる。朝からお疲れさまです、と苦笑して通話を切り、硝子はジャケットを羽織《はお》った。

硝子の住むアパートから最寄りの出町柳駅までは徒歩十分ほどかかる。鴨川に架かる大橋を渡っていると、腕に紙袋を抱えて歩く男を前方に見つけた。

「マスター！」

大きく手を振ると、硝子に気付いたマスターが人懐っこい笑顔を見せる。

「しょこちゃん、おはよう」

「おはよう。マスター早いな、仕入れ？」

「それもあるけど、進々堂さんの卵サンド、朝ごはんにしよう思て。うちのおかあさんが好きでなあ、卵がたっぷり入っておいしいんやで」

「ええなあ。あっ、マスターの作ってくれたおにぎりと卵焼き、朝ごはんにいただいたで。卵焼き、むちゃくちゃおいしかった」

「むちゃくちゃて、大げさやなあ」

「マスターの卵焼き、卵とお出汁だけなのになんでこんなおいしいんやろ。謎や……」

「そら、愛情をかけとるもん」

さらりと胸をときめかす言葉を言われた気がするが、マスターのことだから料理人としての愛情にちがいない。もうこれくらいの言葉では硝子はぬか喜びをしない。マスターの鈍感さと恋愛の奥手さ加減は筋金入りなのである。

「愛情いっぱいのごはんをいつもありがとう。ほな、わたし急ぐで行くわ」

「いってらっしゃい。気を付けてな」

「マスターも。タッパー、今度洗って返すな」

マスターと別れ、横断歩道を駆け足で渡る。

電車を乗り継いで蹴上《けあげ》の駅に着くと、少し離れた駐輪場で化野がバイクを止めていた。

硝子と違って自宅から直接バイクを飛ばして来たらしい。

「化野さん、おはようございます」

「うす」

ぶっきらぼうに応じた化野は瞼《まぶた》が腫《は》れぼったく、髪には寝癖《ねぐせ》がついている。機嫌が悪いというよりは単に眠いらしい。クリニックまでの道を歩きながら、硝子は隣であくびをしている化野を見上げた。

「化野さん、朝弱いの？　意外やわ」

「おまえや木賊班長みたいに朝からテンションマックスの奴のほうがおかしいんだ」

「まあ朝は得意なほうやけど。研修期間って、あとどれくらいなんですか？」

「普通は半年。あと三か月くらいか。早く去ってほしいって？」

「いやいやわ。ひとの言葉の揚げ足取りせんといて。大変やなあ思うただけです」

慣れない現場を次々回り、警察庁に戻れば、二十代から幹部候補としての道をまっしぐらだ。俗にキャリア組だなんていうけれど、現場のほうが性に合っているだろう硝子には、なんやキリキリして大変そうな人生やなと思う。

「別に。とっとと研修なんて終えて東京に戻りたい」

「死体見なくて済むもんな」

「何か言ったか」

化野の空気が剣呑なものに変わったので、硝子はおとなしく口をつぐんでおく。折よく未和が通っていたクリニックが見えてくる。朝九時から始まるところを、きのうのうちにアポイントを入れて診療前に時間を作ってもらっていた。

「おはようございます。白石《しらいし》先生とお約束していた京都府警の笹川です」

警察手帳を見せると、「ああ、お待ちしてました」と受付のおばさんが白石を呼びに行ってくれた。

こじんまりとしたクリニックは、クリーム色の壁に水彩画が掛けられ、待ち合いのソファには手編みカバーのクッションが置いてある。ほっとしそうな場所やなあ、と硝子はぐるりと中を見回す。今はひとのいないソファに腰掛ける未和の姿をつかの間想像した。

「わざわざご足労いただきまして、白石です」

現れた白石は、クリニックから受ける印象と同じ、穏やかな雰囲気《ふんいき》を持つ老人だった。睡眠時異視症候群にも知見がある、数少ない医師なのだという。

「未和さんのことはよく知っています。彼女が十代の頃から診ていたさかい」

普段は患者が使うという休憩室で、白石から話を聞く。受付のおばさんが冷たい緑茶を出してくれた。

「未……川上さんの容態は悪かったんですか」

「ここ二年ほどは不眠が続いていて、睡眠薬の処方を何度か出していました」

「不眠の原因については？」

「仕事上のストレスかもしれない、と未和さんは言うてはりました。あまりひどいようなら、一度休職するべきやて勧めていたんですけど……」

未和は断固として聞き入れなかったのだという。

「ほかに川上さんが何かトラブルを抱えている様子はありましたか」

それまで黙って話を聞いていた化野が口を開いた。

「たとえば、ドラッグに手を出していたとか」

「なんやて？」

思わずといった風に眉《まゆ》をひそめてから、白石が首を振った。

「彼女からそないな話は聞いたことがありません。真面目《まじめ》な子やし、何かの間違いやあらしませんか。未和さん、何かあったんかいな。今月の診療にも来なかったさかい、心配しとったんです」

白石の話では、先週の診療日にも未和は姿を見せなかったらしい。十年以上の付き合いになるが、こんなことははじめてだと不安そうに語った。

未和に関する捜査情報は白石には話せない。彼女が二週間ほど無断欠勤をしていて行方を追っている、もし未和から連絡があったらすぐに知らせてほしい。そのような話をすると、「もちろんです」と白石はうなずいた。

「もうひとつ。川上さんに自殺未遂《みすい》歴はありますか」

ひととおり話を聞き終え、カルテを確認していた化野がおもむろに尋ねる。硝子は思わずノートに走らせていたペンを止めた。白石が渋い顔で沈黙し、「……一度」とか細い声で呟《つぶや》く。

「七年前、おじいさんが亡くならはったときや。睡眠薬をぎょうさん飲んで……。以来、薬はこまめに出すようにしとりました。ただ」

「ただ？」

「一年くらい前やったかな、もう少し薬を多くもらえんかって聞かれたことがあったさかい。様子を見てな言うて、結局は増やさなかったんですが」

書き留めるべき言葉に迷って、硝子はペンを握り締める。

自殺未遂。そんな話を聞いたことは一度もなかった。未和の祖父が亡くなったのは、硝子が未和に出会う前、彼女が学生だった頃のことだ。育ての親でもあった祖父を未和は慕っていた。時折、祖父との思い出を話してくれるとき、彼女は何を考え、何を思っていたのだろう。友人が急に知らないひとになってしまったかのようで、落ち着かなくなった。

「大丈夫ですか、刑事さん。なんや顔色が悪いけど」

白石に声をかけられ、硝子は我に返る。

「ちょっと暑さにあてられたみたいで……平気です。お手洗いを借りてもいいですか」

化野にその場を任せて席を立つ。トイレの個室に入ると、タイルに額を押し当てて、硝子は大きく息を吐いた。胸のあたりがじくじくと疼く。ブラウスの上からその場所を握り締め、きつく目を瞑《つむ》った。

親しい人間の隠していた内面をたどること。それがどういうことなのかを、捜査を命じられたときの硝子はきちんと想像できていなかった。白石が明かした過去は、未和にとって他人に知られたくなかったものだろう。たぶん絶対に知られたくなかった。職務とはいえ、勝手に心の深部を暴いてしまった硝子を未和はどう思うだろうか。

（わたしたち、ちゃんと友だちに戻れるんやろか）

一抹の不安がよぎって、硝子は俯《うつむ》いた。

「あの、刑事さん。これ使うて」

トイレから出ると、受付のおばさんが保冷剤にタオルを巻いたものを持ってきてくれた。ありがとうございます、と何とか笑顔を作って、受付のそばのソファに座る。

「暑くて気分悪うなったんやて？　大変やね」

「すいません。もうだいぶよくなったので……」

「ならよかった。未和ちゃんが前に来たときも、気分悪うなってしまったことがあって、付き添いの男のひとが首に保冷剤当ててとったなあ」

「付き添い？」

違和感を覚えて、硝子は聞き返す。クリニックのカーテンを開けながら「そうや」とおばさんがうなずいた。

「未和はここに来るとき、ひとりじゃなかったんですか？」

「普段はひとりや。ただ、半年くらい前、一度だけ付き添いがおったん。めずらしいなあ思て覚えとったんよ」

「その付き添いの方って、どんなひとでした？　年齢とか、身長とか、あとは顔とか」

硝子が知る限り、未和に特定の付き合いがある異性はいない。まして心療内科の付き添いにまで来る男がいるようには思えなかった。

「ずいぶん前やしねえ。年は未和ちゃんとそう変わらなかったような……。背はどうやったやろ。小柄ではなかったけど、座っていたし覚えてへんわ。ただ未和ちゃん、そのひとの名前を呼んではったな。ええと、なんや、確か季節の……」

こめかみに手を当ててクリニックを見回したおばさんは、「ああ」と紅葉を描いた水彩画に目を留めてうなずいた。

「『あき』や。そうや、『あき』て言うてはったん」

心臓が大きく跳ねる。

あき。澤井空。それは十五年前に研究所から姿を消した男の名前だった。

＊

顔を洗って、洗面ボウルの栓を抜く。化粧鏡《けしようかがみ》には、毛先から水を滴らせたショートボブの女が映っている。しばらく鏡に映った女を睨《にら》み据えていた硝子は、自分の目元に指を這《は》わせて苦笑した。

「……隈《くま》あるで。なっさけな」

手を下ろして顔を拭く。いつもはブラウスにダークグレーのパンツを合わせている硝子だが、今日は白のトップスにフレッシュオレンジのロングスカートという完全にオフの服装だ。かれこれ十日ほど連勤だったので、休暇を取るよう木賊に命じられたのである。

未和については、今辰巳ヘルスの方面から捜査を進めている。一年ほど前を境に、未和の口座から辰巳ヘルスへ定期的な振り込みがされていたことが判明したためである。薬物の取り締まりを行う組織犯罪対策課によれば、辰巳ヘルスは規制薬物販売の疑惑が濃厚で、近く証拠が揃い次第、家宅捜索の令状を取るということだった。

硝子は未和の診察に付き添っていた男の存在を木賊に報告したが、「あき」という名前だけで追うのは難しいだろうという答えが返った。確かに未和の交友関係に今のところあきという名の男は存在しない。クリニックの従業員の聞き違いの可能性だってある。

だけども、どうしても気になった。

試しに警察のデータベースから澤井空の戸籍と住民票を調べると、生まれ育った児童養護施設の住所が本籍地、現住所ともに記されていた。婚姻・離婚歴はなく、死亡届も出されていない。養子縁組の記載欄も空欄だった。記されていた住所の児童養護施設に連絡を取ろうとしたが、三年前に閉園したという。放火事件後もあきが児童養護施設にいたとは考えづらいので、転居届が出されないまま昔の住民票が残っていたのだろう。

あきが未和の失踪に関わっているのか、硝子だって確信があるわけではない。ただ、硝子なりに彼のゆくえを追うあてならひとつある。

十日ぶりの休みにかこつけて向かったのは亀岡市。京都中南部に位置する中都市で、中央に大堰《おおい》川と保津《ほづ》川が通り、郊外には豊かな田園が広がっている。十五年前の事件で閉鎖されるまで、ササガワ研究所は亀岡市の人里離れた一角にあった。

タクシーの車窓から移り行く景色を眺めていた硝子は、見覚えのある看板を見つけて「おじさん」と運転手に声をかけた。

「ここ右。ほいで脇に空き地があるから止めて」

「はいよ」

五十がらみの運転手は気安く応じると、ウィンカーを出して車を空き地に入れた。パンプスを履き直している硝子に、「お嬢さん、ここ何もないで」と不思議そうに尋ねる。

「見たかっただけやねん、ええんよ。ちょっと回ってくるから、ここで待っとって」

リュックを肩にかけ、硝子はタクシーから降りた。

旧ササガワ研究所跡地。硝子の前には今、建物ひとつない広大な土地が広がっている。

焼け落ちた研究所が撤去されたのはもちろん、十五年間別のものが新たに建てられることもなかったらしい。

「まあ、当然か」

何しろ、この場所で起きた火災でひとりの人間が死んでいるのである。ササガワ研究所から煙が上がった午前零時《れいじ》、子どもたちは隣接する施設で眠っていたが、異変に気付いた職員が迅速に行動したこともあって、ひとりの怪我人《けがにん》もなく逃げ出すことができた。

しかし、出火場所に近かった研究棟は間に合わなかった。笹川龍彦は夜半まで研究棟に籠もっていることが多く、仮眠もそこで取っていた。逃げ出した人間の中に龍彦がいないことに気付いた職員が消防に訴えたが、その頃には研究棟の大部分に火が回っていた。木造の廃校舎を改装して使用していたことも、火の回りの速さの一因となったようだ。

数時間に及ぶ消火作業後、施設の跡地からは一体の焼死体が発見された。性別すらわからない状態だったが、頭蓋骨や歯の治療痕などから笹川龍彦と断定。解剖《かいぼう》の結果、煙の吸引による一酸化炭素中毒死と判明した。

その場には硝子もいたはずなのに、記憶はだいぶ曖昧だ。当時の硝子は七歳。笹川龍彦の焼死体に触れて、初めて夢視をしたと聞かされている。

あの日の記憶をたどると、はじめに暗闇を舞う無数の火の粉が蘇《よみがえ》る。いなくなったあきを探してさまよい歩く幼い自分や、瓦礫《がれき》の山、トルソー状の焼死体とそれに触れたときの熱さ……。そして、悪夢に泣く硝子の背をさすってくれたあきのひんやりした手のひら。

あきが硝子たちの前から姿を消したのは、放火のあったひと月ほどあとのことだった。身寄りがないあきは、昔研究所に勤めていた職員の縁故に引き取られたとも聞くけれど、確かなことはわからない。生きているのか、死んでいるのか。あきという人間は社会からふつりと姿を消してしまった。

「お客さん、雨。降ってますよ」

ずいぶん長い間その場にたたずんでいたらしい。タクシーの運転手に声をかけられて、硝子は瞬きをする。少し前まで晴れていた空には厚い雲がかかり、降り出した雨が足元を濡らす。トランクから出した傘を運転手が硝子に渡した。

「研究所の関係の方ですか？」

「そんなとこや」

花の代わりに、腕に提げていたビニール袋からワンカップの酒を出して、硝子はそれを地面にかけた。誰かが来ていたのだろうか、くずれた線香の残骸を見つけた。

「当時は騒ぎになりましたもんねえ。犯人は確かすぐに捕まった気ぃしますけど」

「そのうちのひとりは追跡中に事故死したんや。なぁんも明かさんで死んでしもうた」

「よう覚えてますね、お客さん。まさか刑事さんですか？」

「ただの暇人や」

ひとしきり手を合わせると、硝子は立ち上がった。タクシーに戻って、「次はここをお願い」とスマホに表示した住所を見せる。同じ亀岡市だが、ササガワ研究所跡地からは北東に二十キロほど離れている。

亀岡研究所——龍彦の弟、鳥彦が運営しているササガワ研究所の後継機関である。一度は白紙になった研究を鳥彦が引き継ぎ、今ではスタッフ百人が働く研究所にまで発展させた。特殊捜査官の支援やL－pxの開発、夢視トレーニング法の考案など、その研究は多岐にわたる。

「なあ、おっちゃん、夢は見はる？」

青々とした田園を窓ガラス越しに眺めて、硝子は尋ねる。「夢ですか？」と運転手が聞き返した。

「言われてみると、最近はあんまり見ないですねえ。昔はもっと鮮明に覚えとった気がするんですが。女房にもあんたはいびきがうるさいとそればっかりで」

「ふふ。おっちゃん、おかみさんがおるんやな。子どもは？」

「ひとりいますよ。去年成人したんです」

「そら、めでたいわ。ええなあ」

雨脚が強くなったのか、窓ガラスに水滴が増える。風に震えるそれに指を這わせて、硝子は目を伏せた。

「わたしには、子どもの頃から繰り返し見る夢がある」

――あき。あきー、どこにおるん？

夢の始まりはいつも同じだ。

「大好きだったおにいさんを幼いわたしが探してる。そのひとは十年以上前に、いなくのうなってしまってな……。今は夢の中でだけ会える。顔はよう見えへんけど」

「えらいロマンチックな話やないですか。ドラマみたいやわ」

興奮した様子の運転手に、硝子は苦笑した。焼け跡であきを探し回る記憶は、不安や焦燥に覆《おお》われていて、甘美さにはほど遠い。

「どない夢なんですか？」

「え？」

「その、夢の中でだけ会える彼の話。どない夢なんです？」

「だいたい子どものわたしが泣いとってなあ。相手はあれやこれや言うてなだめすかしてはる。その頃のわたしは気難しゅうて、そのひとにしか心を開かなかったんよ。周りにはたくさん、おにいさんもおねえさんもおったのに、何故かそのひとだけ。まあそんな、たわいもない夢や」

「彼に会いたいですか?」

「……そやな」

運転手が期待したロマンチックな意味合いではなく硝子は顎《あご》を引く。

「会いたい」

もし生きているとしたら、あきは今どこで何をしているのだろう。未和の失踪にあきは関わっているのか。疑問は次々湧いてくる。一度、あきの足跡をたどる必要があると思った。そこで、久方ぶりの休日にこうして亀岡くんだりまでやってきたわけである。

道が空いていたので、亀岡研究所には思ったより早く着いた。支払いを済ませてタクシーから降りた硝子は、ガラス張りの建物を見上げた。

「いつ見てもまあ、でっかいこと……」

京都府警のおんぼろ庁舎とは大違いである。ロビーの中央にある受付で、氏名と鳥彦と約束をしている旨を伝える。

「笹川硝子様、承っております。所長室へどうぞ」

ゲスト用のネームプレートをもらって、所長室に向かう。吹き抜けの建物は明るく、白衣を着た研究員が廊下《ろうか》を足早に行き交う。亀岡研究所は、夢視者の活躍が取りざたされるにつれて知名度を増し、今では学生にも人気の就職先であるという。十五年前の惨状《さんじょう》からここまで立て直した鳥彦には尊敬の念しかない。

硝子は所長室の扉を叩いた。

「失礼しまーす」

「硝子。遅かったな」

デスクで書き物をしていた鳥彦が顔を上げる。学者という言葉から連想するおっとりしたイメージの逆をいくような冴えた空気をまとう男だった。出会った頃からこの男はそうで、四十過ぎになった今も眼鏡《めがね》の奥の眼光の鋭さは変わらない。

「あちこち寄ってから来てん。あんた相変わらず不健康そうな顔してはるなあ」

「うるさい。おまえこそ、いつ見てもよう寝てよう食う健康優良児みたいな面しやがって」

この悪態もいつものことである。そらどうも、と笑って、硝子は応接用のソファにリュックを置いた。

「御無沙汰《ごぶさた》ですね、おとーさま。元気にしてはった?」

「ぼちぼちな。おまえ、仕事は?」

「今日は週休。ああ、これお土産《みやげ》の大根の漬物に縮緬山椒《ちりめんさんしょう》な」

リュックから取り出した、土産というよりただの食料をぽんぽんテーブルに積んでいく。

「おまえは俺のかあさんか」と鳥彦は呆《あき》れ顔をした。

「そんなもんやろ。おばあちゃんから、くれぐれも鳥彦をよろしゅうて頼まれとるんよ」

「お節介《せっかい》はかあさん似やな」

パソコンをスリープモードにして、鳥彦は腰を上げた。

「それで？　わざわざ土産を届けにやってきたわけやないやろ」

「さすがおとーさまやわあ」

ほとりと手を打って、硝子は口端を上げる。

「ちょっと今追っている事件で調べとってん。メールしたとおり、澤井空の記録を見さしてもらいたくてな」

「それは刑事としてか？」

「あんたの娘のおねだりや」

胸を張った硝子に、「ええ性格しとるわ」と鳥彦は肩をすくめた。

「ゆうて、おまえ昔もやたらに当時の名簿やら何やら漁っとったやろ。俺が持っているもんはそれでぜんぶや」

「あのときは学生やったし、もっかい見たいねん」

「そない言うほどたいそうなもんでもないけどな」

軽く息をつき、鳥彦がファイルの入った紙袋を差し出す。

「警察から返してもろうた当時の名簿。といっても、ほとんど焼けてしもうたから、これだけや」

「おおきに。仕事が早くて助かるわ」

「いちおう社外秘やから、管理には注意しろよ」

受け取った紙袋から硝子は二冊のファイルを取り出す。

十五年前、パソコンなどの機器は研究所に配備されていたが、現在のようなクラウド化はできていなかった。結果、ハードディスクの損傷により研究所が保持していたデータのほとんどが消失してしまった。睡眠時異視症候群に関する研究が捜査活用にまで至っていながら、一時期完全にストップしてしまったのもこのためだ。

『ササガワ研究所被験者名簿』

掠れたインクが乗ったファイルを開く。子どもたちは入った年度ごとに「第○期」と呼ばれていたはずだ。硝子は第七期。あきは第一期。ファイルは古い子どもたちから順に並んでいるので、すぐにあきのデータは見つかった。

「澤井空……」

澤井空。一九××年一二月八日生（推定）。

生後間もなく京都市山科区の児童養護施設「ひなたのいえ」の門前で職員によって発見される。両親は不明。五歳のとき、施設に立ち寄った笹川龍彦によって、睡眠時異視症候群と診断される。以降、数度にわたる実験で、夢を介した物の記憶の読み取り、予知を行う。十五歳で連続婦女暴行事件の夢視を行い、犯人を突き止める。これが史上初の夢視捜査となった。その後九か月の間に解決した事件は十七。

二〇××年一二月二三日、研究所火災のあと失踪。当時十六歳。

最後の数行は手書きで書き加えられていた。

「あきは十五年前の事件のとき、十六歳。今生きてはったら三十路やな」

「おまえもいい加減しつこいな。澤井空のことなんかもう忘れろ」

うんざりした様子で、鳥彦はポケットから煙草《たばこ》箱を取り出す。中から一本を引き抜いて、火を点けた。喫煙者《きつえんしゃ》の鳥彦は硝子がいようとお構いなく煙草を吸う。

「何故、今さら澤井にこだわる？　あいつ似の男でも見かけたか」

「そうやない。あきの顔なんてもう思い出せへん。だってわたし、あのとき七歳やったんよ。そやけど……」

——「あき」と言うてはったん。

クリニックで未和に付き添っていた男は、あきのように思えてならない。証拠も何もない、ただの勘に過ぎないが、あれはあきだと硝子は半ば確信していた。

「なあ、あきの写真、何か残っとらんの？」

「火事でパソコンのデータもほとんど吹っ飛んだんや。写真なんぞ残っとらんわ。澤井だけでなく、ほかの子のもな」

「やけ、鳥彦さんはあきの顔くらいは覚えてはるやろ」

「あの頃の俺は、L－pxの開発で府外の製薬会社のラボに籠もってた。子どもたちとはほとんど関わってなかったんや。研究所の職員なら覚えてはるかもしれへんけど、当時から働いている職員なんざ、片手ほどの数やで」

　それだってもう十五年前の話で、どこまで記憶が残っているかは定かではない。そもそも、当時十六だった少年も十五年が経てば、面影や印象はだいぶ変わってしまうだろう。歯がゆさから硝子は唇を噛《か》んだ。あきの顔を思い出せたらよいのに、夢の中の少年は顔なしなのだ。

「澤井空か。確か奴は確認されている夢視者の中で唯一、L－pxなしで夢視ができたはずや」

「そないなことできるひとがおるの？」

　L－pxは夢視者の脳の感覚野の働きを一時的に高め、夢視を引き起こすことを可能にする薬だ。特殊捜査官はひとりの例外もなく、L-pxを使用して夢視を行っている。だからこそ医師の立ち会いや薬の管理といったルールが細かく定められているのだ。けれど、そのL-pxをあきは必要としないという。

「理論上はありえへんことやない。ほかの夢視者には偶発的に起こる夢視を、あいつは自分のコントロール下に置けたんや。薬の助けなしにな」

「そういえば、十五年前はL-pxも開発途上やったもんね。やけ、あきだけが次々夢視を行えた」

「現行のL-pxが完成したのが十年前。亀岡研究所になってからや。澤井はいろんな意味でテストケースやった」

失ったのはもったいなかったな、と鳥彦は独り言のように呟《つぶや》いた。確かにL-pxなしで夢視ができる存在は、咽喉《のど》から手が出るほどほしい研究対象だろう。――あき自身はどうだったのだろう。彼がどこまで自分の意志で夢視をしていたのか、硝子にはわからない。ただ、天涯孤独だったあきもまた、あの頃はそれをする以外に生きるすべなどなかった。

「それはそうと硝子。川上の件、聞いたで。なんや行方不明やて」

やはりと思っていたがその話になった。さすが鳥彦の情報網は侮れない。

「おまえが追ってる事件て、まさかそれか?」

「あんまり追及せんといて。言えへんのわかってはるやろ」

「澤井空が川上の失踪に関わっていると？」

「話せへん」

口を真一文字に結んで突っぱねると、鳥彦は息をついた。

「確か短大のときやったな。おまえが急に特殊捜査官になる言い出したの。おまえ別に俺の研究に触発されて捜査官になるタイプやないやろ」

硝子が捜査官になると言ったとき、祖母の椎葉はめずらしい剣幕で反対した。特殊捜査官は当時まだ十人ほどしかいない職だったし、やっぱり警察という職種柄、椎葉は心配したのだろう。

『なんで警察なん。公務員ならお役所とか、警察でもせめて普通の職員とか、いくらでもあるやんか。なんであんた特殊捜査官なんて……』

育ててもらって感謝をしていたし、硝子も椎葉は大好きだったから、激しい言い争いをすることはめったになかった。けれど、このときばかりは絶対に引かなかった。結果、硝子はかかりつけ医の推薦状とともに勝手に願書を提出し、合格を決めた。

「特殊捜査官になったのは澤井が理由か？」

鋭い眼光で睨《にら》まれ、硝子は息をのむ。普段、他人に興味が薄そうな鳥彦の思わぬ洞察に肝《きも》が冷えた。

「それも、ある。あのひとはわたしの憧れやったから。……けど、それだけやない。わたしは悪夢が嫌い。やけ、逃げるんやのうて、向き合うことにしたの。夜が来るたび、怖い思て一生おびえて過ごすのは嫌」

この仕事に就いてから、ときどきひとに訊かれることがある。怖くないのですか、と。

硝子の夢視は死の追体験だ。しかも殺人や放火といった悲惨な死を遂《と》げた人間の。

怖くないのですか。尋ねる人々の目には、まともな神経ではとても耐えられないという畏怖が感じ取れた。もちろん、怖いか怖くないかでいうなら硝子だって怖い。めった刺しにされて殺された被害者の夢視をしたときは、しばらく寝つけず夜中に何度も飛び起きたし、警察学校で夢視のトレーニングをし始めた頃は、夢で感じた恐怖や痛みに引きずられて、熱を出すこともあった。

それでも、悪夢に囚われていたかつての日々のほうが硝子にはずっと恐ろしい。

考えることも感じることも放棄して、ベッドの上で日がな夢と現実のあいだをさまよう。息はしていたが、心は死んでいた。あの頃のどうしようもない自分には戻りたくない。

――ただ、それだけだ。特別な正義感があるからでも、使命感を持っているからでもない。

自分が胸を張って生きていくために、この仕事を選んだ。

「頑固者は誰に似たのだか……」

「おとーさんとおばあさんやろ」

「うまいこと言いやがって」

鳥彦はずいぶん短くなってしまった煙草を灰皿に押し付けた。

「俺はどうだっていいがな。墓の下のかあさんを泣かすことだけはするなよ」

「うん、わかっとる」

死んだ椎葉の名前を出されると、硝子も弱い。それ以上は言い張らずに素直に顎《あご》を引いた。

「そういえば、鳥彦さん。お盆はこっち帰ってきはる？　おばあさんの墓参りに行こう思っとったんやけど」

「ああ、来月頭に京都市内のホテルで学会があってな。ついでに一泊取ってもろうたし、少し早いがそのとき行くわ」

「こっち来るなら、一晩くらい泊めてあげたってええで」

「いいわ、年頃の女の家なんか。面倒やわ」

照れくさがっているというよりは本当に辟易《へきえき》とした様子で吐き捨て、鳥彦は万年筆を取り、手帳に予定を書き込んだ。深緑色の古い万年筆は、側面に金字で「T. SASAGAWA」

と名前が入っている。焼けずに残った数少ない龍彦の遺品だ。

龍彦の話を鳥彦は普段ほとんどしないけれど、胸に挿した万年筆は鳥彦の未練そのもののようで、硝子は少し胸が切なくなる。兄を失った鳥彦の傷は未だに塞《ふさ》がっていないのではないか。そう考えてしまうのだ。

「学会って、なんや新たな研究成果が出たん？」

「まあな。一般参加もできるし、おまえも暇なら見に来たらええわ。警察関係者や法務省のお役人さんもいくらか来るはずや」

「わたしそういうんはちょっとええわあ……」

げんなりとした顔を作って、硝子はファイルを閉じた。二冊重ねて紙袋に入れ直す。

「ほな、鳥彦さん。お墓参りの詳細はまた連絡して。わたしもできる限り合わせるから」

「ああ」

余計な長話をしないのは、鳥彦と硝子の性格だろう。別に仲が悪いわけではないのだが、家を出て以来、互いに必要なとき以外は連絡も取らない。鳥彦は硝子の養父ではあるものの、父親らしさを感じさせない人だった。だからかもしれないが、硝子も鳥彦に対しては一向に娘らしくならなかった。とはいえ、五年以上ともに過ごして何の情も湧かないわけではない。

「硝子」

ドアノブに手をかけたところで、背後から鳥彦の声がかかった。

「……ちゃんと眠れているか？」

「健康優良児面て言うたの、鳥彦さんやろ。――眠れとるよ。平気。ごはんももりもり食べとる。もう昔みたいにはならんわ」

鳥彦と出会ったとき、硝子は人形みたいな顔をして、半ば生きることを放棄していた。同じことを思い出していたのだろう。そうか、と眼鏡の奥の目を少しだけ和らげて、鳥彦はデスクに戻る。

「あんたも、身体《からだ》は大事にな。おとーさん」

書き物を始めた養父にそっと声をかけ、硝子は研究所をあとにした。

火にかけた薬缶が笛を鳴らす。沸騰した湯を茶葉に注ぎ、硝子はカップを持って座椅子《ざいす》に移った。鳥彦から借りた被験者名簿を開く。アパートに帰ったあと、さっそく読み込み始めたものだ。

「この名前……」

あきが解決した十七の事件を新聞のデータベースで調べていると、とある苗字が目に留まった。大津川死体遺棄事件、それに神戸宝石店強盗殺人事件。検索をかけてみて気付く。ふたつの事件の犯人と、放火事件犯行グループの青年ふたりの苗字がそれぞれ一致していた。ひとつはあまり見かけない苗字だったたし、偶然とは思えない。

「つまり犯人のうちふたりは、あきが夢視をした事件の加害者家族やったいうこと……？」

メディアでは、夢視捜査反対派グループによる凶行と報じられていたが、彼らの背景を考えれば、あきや研究所に対する個人的な怨恨も動機に含まれていたのではないか。当時のニュースを見返すと、犯行グループに別の事件の加害者家族が含まれていたことを伝える記事がいくつか見つかった。犯人は一名が追跡中に事故死、四名は逮捕後、裁判で懲役《ちょうえき》刑《けい》が確定している。

「知ってて言わへんかったたな、あのひと」

鳥彦のふてぶてしい横顔を思い出し、硝子は苦く呟く。何故かと問えば、訊かれなかったから、と表情を変えずに答えるだろう。放火の動機が研究所側にあったなど、鳥彦からすれば、不愉快極まりない話のはずだ。それに、十五年前の事件の犯人についてわかったところで、現在のあきにつながる手がかりが得られたわけではない。

「あかん。明日出勤やし、そろそろ寝な」

辰巳ヘルスや未和に関して、捜査の進展はあったのだろうか。考えていると、こくりと座椅子で舟を漕ぎそうになる。あくびをひとつして、硝子は机を片付けた。就寝前に服用する抑制剤には傾眠作用がある。目覚ましをセットして電気を消すと、そう時間をかけず、眠りに落ちた。

　どこからか蟬時雨が聞こえる。亀岡のどしゃ降りみたいに鳴く蟬の声。

　ササガワ研究所は、小学校の廃校舎を改修して建てられた。今は空き地となっているあの広大な土地には、当時子どもたちの生活する施設も含めて、何棟もの校舎が並んでいたのだ。教室の窓ガラスに映る自分は、七歳の子どもに戻っていた。お決まりの夢の始まりに、硝子は苦笑を浮かべる。わたしはまた性懲《しょうこ》りもなくあきの夢を見ているのだ。

「あき。あきー、どこにおるん？」

　小さな硝子は校舎をさまよい歩いてあきを探す。彼は今日もどこにも見当たらない。しばらく歩き回ったすえ、硝子は別のことを思いついてきびすを返した。最近研究棟のほうにあきがよく出入りしていることを思い出したのだ。

　ほかの施設から離れた場所に立つ研究棟は、日中であっても人気がなかった。がらんとした木の廊下《ろうか》に赤い西日が射している。

「あきー、おるの……？」

　そわそわとあたりを見回していた硝子は、奥の部屋から微《かす》かに漏《も》れる呻き声に気付いて、足を止めた。半開きのドアからおそるおそる中をのぞく。施設付きの医師が硝子と変わらない年頃の子どもをベッドに縛り付けているのが見えた。検査着を着た子どもは四肢をばたつかせて何かを叫んでいる。殺される、とか、死にたくない、とかいう言葉が途切れ途切れに聞こえた。首を振った医師が何かを注射すると、子どもの動きが徐々に弱まり、そのうち微動だにしなくなった。

「ひっ」

何かとても恐ろしいものを見てしまった気がして、硝子はあとずさる。今見た光景は硝子が普段する検査やトレーニングとは明らかに異なっていた。あの子はいったい何をさせられていたのだろう。医師はあの子に何を打ったのだろう。おびえてたたらを踏んだ硝子を、別の誰かが後ろから受け止める。

「いや……っ」

びっくりして相手の腕から逃れようとすると、「しー、しずかに」と額にひんやりとした手が触れた。声と触れる体温ですぐに誰だかわかって、硝子は泣き出しそうになる。

「あき！」

「こっちに迷い込んだらあかんて、せんせも言うてはったやろ。怒られるで」

「うん、でも……。あの子、どないしはったん？」

手をつないで歩き出したあきを追いかけつつ、硝子はさっきの部屋を振り返る。叫び声は止んでいたが、その沈黙がまた恐ろしかった。

「今度、警察の捜査協力が始まるで、練習してたんとちゃう」

「れんしゅう？」

「試験薬の臨床《りんしょう》実験。スクリーニングや前臨床実験は済んで、最近子どもたちにも投与され始めたんや」

あきの言葉は難しくて、硝子には半分もわからなかった。

「練習、あきもしてはるの？」

「んー？　うん。薬は飲まんけど」

「さっきの子、泣いてた。あきも？」

「俺は泣かへん」

前を見ながら、あきはそっけなく言った。窓から射し込む西日が、あきの半身を赤く染めている。あきも、研究棟の壁や床もみな燃え上がるように見えて、硝子はつないだ手をぎゅっと握り締めた。

「あきー」

「うん？」

「そない遠くに行かへんで」

「……硝子はときどき妙なこと言うなあ」

硝子の手を握り返して、あきは不思議そうに呟《つぶや》いた。

このときの言葉のとおり、あきは泣きもせず、かといって笑いもせずに、その後いくつもの凶悪事件を解決に導いていくことになる。当時のあきが何を考えていたのかはわからないままだ。冷たくて、やさしくて、そして誰よりも強かったあき。

「あんた今どこにおるの、あき」

そこにいるのは夢の中のあきでしかないと知っていながら、硝子は尋ねる。あきの背中はこたえない。なんだか無性に切ない気持ちになって、「どこにおるのよ」と硝子は目を伏せた。

＊

翌朝出勤すると、「笹川」と当直明けらしい木賊が硝子の席にやってきた。

「しょっぴけそうやで、辰巳ヘルスの件」

「ほんまですか！」

「組織犯罪対策課の連中が、辰巳ヘルスと規制薬物の取引をしてはる顧客にたどりついた。午後に家宅捜索に入るから、おまえと化野も研修の名目で行き。俺も仮眠取ったら向かうで」

「わかりました」

家宅捜索に入る——つまり令状を取るに足る証拠が揃えられたということだ。薬物取締をおもに行う組織犯罪対策課は、普段行動をともにすることはないが、今回は未和の件があったため、研修という名目での同行許可が下りたのだろう。おそらく占出《うらで》あたりが裏から手を回してくれたにちがいない。

予定どおり午後三時に、家宅捜索は行われた。

辰巳ヘルスは京都駅近くのテナントビルに入っている有限会社で、登記上の社員は十名。ホームページやパンフレットには、女性向けをうたった健康食品やサプリメントが並んでいる。店舗は持たず通販を主としているらしい。

「ここやな」

ビルの集合ポストを確認すると、先導する捜査員が事務所のインターフォンを押す。中でひとが立ち上がる気配があり、すりガラスの扉が開いた。

「どちらさんでー」

「京都府警の者です」

ベテランの捜査員が落ち着き払った声で、捜索令状と警察手帳を提示する。ドアを閉められないように、細く開いた隙間《すきま》に足を引っ掛けておくことも忘れない。声を失した男があとずさり、「社長！」と奥を振り返った。

「どないしよ、警察来たで！」

「なんやて？」

奥のソファから立ち上がったのは、派手なシャツに金のネックレスをつけた五十がらみの男だった。いかにもだな、と隣で段ボールを持つ化野がぼそりと呟く。

「京都府警組織犯罪対策課です。お宅が売ってはる商品に関して、規制薬物販売の疑いがあります。捜索令状があるので、中入らせてもらいます」

「おい、聞いてないで！」

証拠隠滅を防ぐため、家宅捜索は事前に告知をしないで行うことがほとんどだ。さして広くない一室には、社長らしい金ネックレスの男と最初にドアを開けた花柄Tシャツの男のふたりがいた。数台のパソコンが置かれているほかは、段ボール箱が所狭しと積まれている。対策課の捜査員たちが手慣れた様子で作業を始めた。辰巳ヘルスのふたりが妙な動きをしないよう、強面《こわもて》の捜査員が二名そばに立って見張る。

「化野、笹川」

木賊に促され、化野と硝子も作業に加わった。壁に積まれていた段ボールをひとつずつ開いて中を確認する。サプリメントのラベルが貼られた出荷前のガラス瓶《びん》が次々出てきた。しばらく続けていると、別の棚《たな》で作業をしていた対策課の捜査員が手を挙げる。

「ありました」

規制対象となる睡眠薬のラベルを見て、「当たりやな」と木賊が呟く。すっかり狼狽している辰巳ヘルスの社長に、対策課の捜査員が事情聴取に応じるよう求めた。目の前で証拠品が押収されたとあっては、もはや言い逃れはできない。ソファに沈み込んだ社長が頭を抱えてうなだれる。

「あの、川上未和の名前に心当たりはありませんか？」

辰巳ヘルスと未和の間にどんなつながりがあったのか、このあとの事情聴取で明らかにするべきだとわかってはいたが、硝子は急《せ》く気持ちを止められなかった。「川上？」と眉《み》間《けん》に皺《しわ》を寄せて、社長が硝子を見上げる。

「一年くらい前から、そちらさんと何度か取引があったはずです。川上未和。覚えていませんか？」

「笹川。勝手に聴取を始めるな」

「そやけど、木賊さん」

遮ろうとした木賊に硝子は食い下がる。未和につながる手がかりをやっと得られたのだ。辰巳ヘルスの違法行為はこれから仔細が明らかになるだろうが、それには時間がかかる。未和に何かがあってからでは遅い。

「川上？　もしかして、睡眠薬を買うてた女か」

隣に座った花柄Tシャツの社員が、何かを思い出した様子で反応した。

「処方されとる薬じゃ足らん言うて、一年くらい前から睡眠薬買うてた女や。しかも海外製のかなり強いやつ。あれはあかんわ。な、社長」

「そやったかな」

実際に取引していたのは社員の男のほうらしく、もう開き直っているのか、ぺらぺらと内情を語りだした。男の記憶では、未和が購入していたのは、日本では規制対象となっている海外製の睡眠薬だったという。即効性の強い薬で、国によっては広く流通しているが、反面依存性が高く、食欲不振や記憶障害、倦怠感といった症状が出ることもある。

「川上は睡眠薬の購入とは別に、あんたらに薬を流してなかったか」

木賊が止めあぐねているのをいいことに、横からちゃっかり化野が尋ねた。

「薬？　川上いう女がですか？」

「ああ。睡眠薬の購入費が払えなくなったとかで、別の薬で取引を持ちかけることは？」

「いえ、あの女、振り込みは毎回しっかりしてたと思いますけど」

首を振った社員に、化野は肩透かしを食らった顔になる。

「なら、ほかに不審な薬を売りつけてくることはなかったか？　たとえば、L－pxとか」

「あれは純正は出回っとらんでしょう」

応じるふたりは白を切っているという様子でもない。硝子たちは無言で視線を交わした。

未和が睡眠薬を購入していたのは間違いないが、L－pxを持ち出した先は辰巳ヘルスではないようだ。

「笹川、化野。もうええやろ。おまえら一生懸命なんはええが、いい加減にせえよ」

潮時だと判断したのだろう。対策課の捜査員に目配せをして、木賊が硝子と化野を辰巳ヘルスのふたりから引き離す。硝子とひとまとめにされたことが気に喰わなかったのか、化野はあからさまにむっとした顔になったが、それでもふたりで「すいません」と頭を下げた。

確認作業を再開しつつ、硝子は府警の休憩スペースで最後に見た未和の姿を思い出す。

最近、あまり眠れなくてな……。弱々しい笑みを浮かべて呟いていた横顔。

（あんた、そこまで……。そこまで追い詰められとったの、未和）

友人だったはずだ、未和と硝子は。

就職活動をしていた頃、すでに特殊捜査官として働いている夢視者の女性がいると聞いて、硝子はたまらず会いに行った。それが未和だ。同じササガワ研究所出身だったことがわかると、すぐに意気投合して仲良くなった。真面目《まじめ》で面倒見のいい未和は、硝子にとって姉のような存在だった。特殊捜査官の受験を椎葉に反対されたときも、未和だけは最後まで硝子の味方でいてくれたのだ。

けれど、硝子が見ていた未和は未和の一部でしかなかった。

辰巳ヘルスから違法に睡眠薬を買っていたことも、L－pxの持ち出しやあきのことも、硝子は何も知らない。未和の光にあたった横顔しか、硝子には見えていなかったのだ。

(知らなかったあなたばかりが、次々現れる)

細く息をついて、硝子は額にこぶしを押し当てた。

翌日、辰巳ヘルスの社長に逮捕令状が出た。押収品から規制対象となる薬物が数種類確認されたためだ。ただ、消えたL－pxの手がかりは見つからなかった。

三章　ナイトブルーの底

　カーテンの隙間から朝の陽射しが射し込む。ごろりと寝返りを打って陽射しをよけるが、夏のお日様はいよいよ存在感を増してきた。逃れられなくなって目を開き、硝子《しょうこ》は目元にかかった前髪をわずらわしげにかき上げた。

「ぜんぜん眠れへんかった……」

　呟《つぶや》いて、霞みがかった頭を大きく振る。ハンガーにはいつものダークグレーのパンツスーツの代わりに、ブラウスとタイトスカートが掛かっている。

　リーガロイヤルホテル京都で開かれる夢視《ゆめみ》研究に関する学会。養父である笹川鳥彦が発表者として参加するこの学会に、硝子も出席することになってしまったのだ。

『うちの桜井部長が参加する言うてな。おまえ、付き添いで行け。化野《あだしの》つけるより、特殊捜査官のおまえのほうが見栄えもするやろ』

　木賊《とくさ》からそう伝えられたのが昨日のことだ。正直、警察のお偉方や政界人、学者先生が集まる学会なんてまるで興味がないけれど、上司命令となってしまえば否とは言えない。入署して以来、仕事では一度もはいたことがないスカートを久しぶりに箪笥《たんす》から引っ張り出すはめになった。

(なんや気ぃつかわせたかな)

未和が辰巳ヘルスから違法に睡眠薬を入手していた件は、警察内部ですぐに情報共有された。また、無断欠勤やL－pxの持ち出しについても、あらためて問題視されたようだ。本人不在の中ではあるが、三か月の停職処分が決まった。ここに至り、未和の行方を捜査一課で内密に追う必要もなくなった。上層部で何度か調整が行われたあと、未和のL－px持ち出しの捜査は、正式に組織犯罪対策課に移り、硝子たちは担当から外れた。もともと捜査一課は、強盗や放火などの凶悪犯罪を所掌《しょしょう》しており、未和の件は秘匿捜査という名目での例外だったのだ。

(まだ何も明らかにできてへんのに)

未練がないといえば嘘になる。けれど、次第に明らかになっていく友人の知らなかった顔に、硝子自身が心身をすり減らし始めていた。これ以上捜査を続けていれば、公私のバランスが危うくなっていたかもしれない。今のうちに手を離れてよかったのだろうとも思う。

顔を洗って何気なく鏡に目を向けると、寝不足のせいか、冴えない顔をした女が映っていた。頰《ほお》を叩いて、鏡に手をつく。

「未和。あんた、どないしたんよ……」

こぼれた声は、いつもの自分じゃないみたいに悄然としていた。


リーガロイヤルは京都駅そばにあるホテルで、結婚式場も併設されているため、ロビーにはドレスアップした男女がちらほらといた。待ち合わせの十分前に着くと、窓際のソファ席で白髪交じりのスーツの男がコーヒーを飲んでいた。一見すると、温厚そうな顔立ちをしているが、目つきに独特の険がある。今日の随伴の相手である刑事部長の桜井警視正だ。

「すいません、遅くなりました」

小走りで向かうと、「時間前やろ」と苦笑して、桜井がカップを置く。桜井はササガワ研究所時代から夢視研究に理解があり、特殊捜査官の導入に尽力した警察側の人間のひとりだ。そして硝子が捜査官の試験を受けたときの面接官でもある。だからというのか、未だに桜井を前にすると、肩のあたりが変に緊張してしまう。

「占出《うらで》くんから君の働きはよう聞いとるで。同僚の化野よりよっぽど肝《きも》が据わっとるって。

木賊似で猪突猛進なのが玉に瑕《きず》やねんけど」

「管理官、そんな風に仰《おつしや》ってるんですか」

褒められているのか貶《けな》されているのかわからず、硝子は苦笑した。支払いを済ませた桜井とともにエレベーターで会場へ向かう。

「今日はすまなかったな」

「いいえ、部長からお声がかからなかったら、なかなか来ぃひん場所ですし。今日は勉強させてもらいます」

「ほいならよかった。君の養父をはじめ、夢視研究の名だたる学者が集まっていることは確かや」

ホワイエで受付を済まし、会場に入る。中にはすでに人が集まり始めていて、丸テーブルを囲んで談笑する鳥彦たちの姿も見えた。

「笹川くん」

桜井が軽く手を挙げて、鳥彦に声をかける。鳥彦の周りに並んだ面々は、この手のことに疎い硝子でさえ見覚えがある。何しろ、普段はテレビでしかお目にかからないような著名な議員や学者、資産家ばかりなのだ。

今日の硝子はあくまで桜井の随伴なので、愛想笑いを浮かべて控えめに挨拶をする。頻のあたりに視線を感じて、目だけを向けると鳥彦だった。どうせ猫を被るな気色悪いなどと考えているのだろう。硝子だってこれが仕事でなければ、今すぐジャケットを脱ぎ捨て、鴨川の河原に寝転んでいるところだ。

「君は笹川くんの……」

尋ねてきた男に、「笹川硝子です」とにっこり笑顔を返す。胸元の名札を確かめると、法務省の敷島《しきしま》事務次官と書いてあった。省庁の事務方のトップである。敷島の隣にいるのは国会議員の杉浦《すぎうら》。十五年前に、夢視者の捜査活用推進の先鋒となった議員で、地元広島から去年衆議院議員として四選目を果たした。特殊捜査官導入にも積極的だった杉浦は、試験導入が始まった際に広島県警にふたりの捜査官を配置させた。結果、県内の凶悪犯検挙率が飛躍的に向上した――衆院選ではそんなPRも効いて、対抗馬だった若手議員を破り当選したと聞いている。

（なんや特殊捜査官推進派の同窓会みたいやわ）

ひとりひとりと名刺交換をしながら、内心辟易《へきえき》としてきて息をつく。桜井が「うちで仕事してはる捜査官ですわ」と紹介するので、何人かから職務に関する質問を受けた。桜井もこういった対応を見込んで硝子を指名したのだろう。

「特殊捜査官といえば、なんや小耳に挟みましたよ。薬を流出させたっていう……」

杉浦が声をひそめて桜井に話を振る。未和のL－px持ち出しはまだ捜査中で、マスコミへの公表はしていない。どこの情報筋から漏《も》れたのかと硝子は内心肝を冷やしたが、桜井のほうは笑顔を崩さず「心配をおかけしとりまして」と首をすくめた。

「特殊捜査官の増員を進めているこの時期に、こういうのは困りますよ。特殊捜査官全体のイメージを損ないかねない」

「面目ありません」

「君も知ってのとおり、来期の国会では、特殊捜査官の本格導入に向けた法案を通すつもりですから――」

杉浦はまだ二、三、言いたげだったが、ちょうど会の開始時間になって鳥彦に呼び出しがかかったため、不承不承口を閉じた。硝子を振り返った桜井がそっと片目を瞑《つむ》る。その様子から、やれやれという気持ちが伝わってきて硝子はつい笑ってしまった。

しかし本格導入に向けた法案の話は初めて聞いた。現状が試験的な運用である以上、いずれはそういう流れになることは予想できたが、鳥彦はだいぶ急進的に特殊捜査官制度を整えていくつもりらしい。

鳥彦の研究発表は、夢視者のトレーニングと年齢による夢視の安定をテーマにしており、幼少期から思春期《ししゅんき》にかけて、充実した環境でトレーニングを行うことで、夢視者はその能力を飛躍的に伸ばすことができると述べていた。これらを踏まえ、夢視者のトレーニング施設の設置を提言したい――要旨はそんなところだろうか。参加者たちがどう感じたかはわからないが、硝子自身はかつてのササガワ研究所を彷彿とさせる内容だと思った。

　鳥彦はやはり、兄の龍彦が作った研究施設に思い入れがあるのかもしれない。もともと不慮の死を遂《と》げた龍彦に代わって研究を継いだひとだ。龍彦の遺品である万年筆は今日も鳥彦のスーツに挿されている。

　鳥彦に続いて、現在の特殊捜査官の運用状況が警察庁の職員から説明される。試験運用から五年。特殊捜査官が配置された都道府県警における殺人や強盗をはじめとした重要事件の検挙率は軒並み上昇傾向にあるという。「この数値をさらに上げることはできないのか」という質問が参加者から飛び、「捜査官の増員や捜査手法の改善によっては可能である」と鳥彦が答えた。十年後までに重要事件検挙率を今の八割から九割に引き上げることを目標としているそうだ。

（お偉方はなんや好き勝手言いよるなあ）

　実際に夢視をしているのは機械ではなく人間だ。夢視で得た情報から捜査をするのも人間であるし、そう単純に検挙率が上がるようには硝子には思えなかった。しかし未だに強固な反対派が存在している現状では、実績や数値を見せる必要があるのかもしれない。少なくとも鳥彦は、この制度を拡充していくためにそう考えているのだろう。

その後も何人かの研究発表があり、休憩を挟んでパネルディスカッションが始まることになった。ホワイエでお手洗いの場所を探していた硝子は、見慣れた人影が横切ったのに気付いて目を瞬かせた。いつもと格好が違うので一瞬わからなかったけれど。

「やだ、マスターやんか！」

大きな声を上げてしまい、周囲の視線が一気に集まった。振り返ったスーツ姿の男——定食やまだのマスターはきょときょとあたりを見回し、「わっ」と硝子を指差して声を上げる。

「しょこちゃんやん。何でここにおるん？　仕事は？」

「それはこっちの台詞や。なんでマスター、スーツ着てホテルなんかおるの？　ぜんぜん似合わへん」

「しょこちゃん、ちっとは歯に衣着せてええんやで……。同級生の結婚式でな。早く着きすぎてしもうて」

「ああ、式場もあったんやっけ、ここ」

ロビーにいた参列者の姿を思い出す。夢視研究の学会にマスターが参加するようにはとても思えなかったが、友人の結婚式というのはいかにもこのひとらしい。どうやらマスターもお手洗いを探しているうちに迷って、こちらに紛《まぎ》れ込んでしまったようだ。広いホテルは苦手やわ、と本当に嫌そうに息をつくので、硝子は笑ってしまった。

なんとなくそのまま、窓辺に近いソファに並んで座る。マスターと顔を合わせるのは久しぶりだった。未和の件もあり、最近は残業しながらカップラーメンやコンビニ弁当でごはんを済ませることが多かったのだ。

「しょこちゃん、ちゃんと食べてはる？」

まるで胸のうちを見抜くようなマスターの言葉に、「えっ」と硝子は変な声を上げた。膝に頬杖《ほおづえ》をつき、マスターはじっと探るような眼差《まなざ》しを硝子に向けている。

「なんやしょこちゃん、前よか痩《や》せてはるし、顔色も悪いし、めっちゃ疲れてますって顔してんねんで」

「あー……、最近仕事が忙しくてな」

「別に無理に来いいわんけど、遅くなっても雑炊くらいは出すで、顔見せなさい。しょこちゃん、ほっとくとそのへんで行き倒れてそうで心配なんやもん」

「わたしは野良猫か」

大真面目《おおまじめ》に話すマスターに硝子は顔をしかめる。

「似たようなもんやんか」

目尻に皺《しわ》を寄せてマスターが笑った。張りつめていた緊張の糸が緩《ゆる》んだ気がして、へへ、と硝子は目を伏せる。マスターと話していると、硝子の胸の空洞は別のあたたかいもので満たされる気がする。わたしが生きているのは、悲惨なことばかりが起きる世界ではなくて、ひとの善意もちゃんと存在する場所なんだって信じることができる。そういうことに気付かせてくれるマスターが好き。大好きだった。

「あなたが好き」

しみじみと硝子は呟《つぶや》いた。

「好きやわあ……」

「しょこちゃんみたいなお嬢さんにそう言うてもろうたら、男冥利《おとこみょうり》やわ」

冗談めかしてまったりとマスターが言った。何十回目かになる告白も、本気には受け取ってもらえなかったらしい。「マスターの鈍感」と硝子はむくれる。

気付けば、休憩時間が終わる五分前になっていた。そろそろ戻らへんと、と腰を浮かせた硝子の腕をマスターが軽くつかむ。

「しょこちゃん」

「うん?」

「定食やまだは夜十一時まで営業や。……夕飯食べにおいで。約束や」

小指を差し出されて、「ええー？」と硝子はわざと困ったような顔をする。

「おいしいオムライス作ってくれはる？」

「手作りプリンもつけたるで」

「あとわかめとおあげさんの味噌汁もな。マスターが漬けたたくわんも食べたい」

「ええで、待ってる。次はしょこちゃんスペシャル・ツーやな」

「安易なネーミングやなあ」

「それは言わんといて」

差し出された指にそっと小指を絡める。思っていたよりも冷たく骨ばった指先だった。

マスターも男のひとなんやなあ、と急に感じた。

もしものときの連絡用にとマスターはスマホの連絡先をくれた。これまで硝子が欲しいと言っても、適当にいなして教えてくれなかったのに。それくらい心配させたのだろうか。

心配、してくれたのだろうか。

「マスター」

螺旋状の階段を下るマスターの背に硝子は声をかける。尋ねたのは気まぐれだった。

「マスターは、好きなひとおるの？」

「おるよ」

思いのほか明確な答えが返ってきて硝子は目を瞬かせる。

「……おるの?」

「うん。でもたぶん、そのうち振られる」

硝子とは別の方向を見て、マスターは自嘲《じちょう》気味に呟く。普段見たことのない表情が逆に本当らしかった。動揺《どうよう》がせりあがり、「う、うそやん」と硝子は手すりから身を乗り出す。これまでマスターが色恋に関するそぶりを見せたことは一度もなかった。マスターに彼女ができないのを心配しておかあさんがお見合いさせたって話も聞いていたのに。

「嘘やんってこともないやろ」

「だ、だって、マスターのこと振るひとなんておるん?」

せやなあ、と苦笑をこぼして、マスターは目を伏せた。

「またな、しょこちゃん。ちゃんとごはん食べて寝るんやで」

え、と口を開けているうちにマスターは階下に向かってしまう。

(誰なん、好きなひとて!)

もっと追及したかったが、さすがに会場に戻らなければならず、硝子もしぶしぶパンプスを返す。もしかしてマスターは好きなひとがいるから、硝子の告白に応えてくれなかったのだろうか。お見合いがうまくいかなかったのも、だから?

「彼女さんとお店やり始めたら、わたし、立ち直れへん……」

しょんぼり肩を落とし、硝子は呻いた。


学会終了後は、立食パーティに移行した。桜井をはじめとした参加者の目的はむしろこちらのようだ。人付き合いが嫌いな鳥彦が、桜井たち警察関係者や杉浦たちとそつなく談笑している姿に、ようやるなあ、と硝子は呆《あき》れを通り越して感心してしまう。

「鳥彦さん」

ひとが空いた隙《すき》を見計らって、硝子は鳥彦のもとに向かう。ああ、と応じる鳥彦はどことなく疲れた顔をしていた。

「お疲れさま。基調講演からぜんぶ参加させてもろうたわ」

通りかかったウェイターからアイスティーをふたつもらって、ひとつを鳥彦に渡す。

「どうせおまえのことやし、途中居眠りこいてたんやろ。目に見えるわ」

「まあ、難しいことはようわからへんかったけど。知識を持った医者を増やせいう話と、幼少期からトレーニングしたほうがいいって話はなるほどて思たわ」

硝子自身、鳥彦に引き取られて適切な治療やトレーニングが受けられたから、人並みの生活を取り戻せた。特殊捜査官になるという夢を叶えることもできたのだ。

「鳥彦さんは、夢視の能力を見込んでわたしを引き取ってくれはったの？」

笹川家にいる間、鳥彦が硝子に捜査官をめざすよう促したことは一度もなかった。けれど、養女として引き取った以上、本当はそういう思惑もあったのかもしれない。尋ねると、「まさか」と鳥彦は頰を歪めた。

「俺は反対したんや、養女なんて。面倒やし、わずらわしい。そやけど、かあさんがあの子が野垂れ死んだらどうするの言うて聞かなくてな。兄が死んで、かあさんずっと元気のうなっていたし、拒みきれんかった」

率直といえば、率直すぎる鳥彦の物言いに、硝子はつい吹き出してしまう。

「あんたなあ、面倒やしわずらわしいて。普通の娘が聞いたら、グレるで」

「いきなり中学生の娘なんかできて、可愛がれるわけないやろ」

「そやな。鳥彦さんのそういうところが、わたし好きやわ」

椎葉は硝子をとても可愛がってくれた。鳥彦はいつも仏頂面をしていたけれど、硝子が子どもだからといって取り繕うような物言いをしたり、見え透いた嘘をつくことはなかった。そのことに硝子がどれほど安堵したか、ふたりは知らないだろう。血のつながりはないけれど、鳥彦と椎葉は今も硝子にとって大切な家族だ。

「おまえ、友人想いなんはええが、あんまり面倒なことに深入りするなよ」

さりげなく鳥彦が釘を刺した。

「それは別に、わたしは刑事として……」

「川上未和の捜索は別の課に移ったんやろ。それくらい聞いとる。ただでさえ、凶悪事件担当なんて、かあさんも墓の下でおちおち眠られへんわ。少しは自分の身を大事にしてくれ」

「……わかってる」

心配されているのだと気付くと、それ以上言い返すことができなくなる。紛らわせるようにアイスティーを飲み干して、「そういえば」と硝子は話を変えた。

「鳥彦さん、おばあさんの墓参りは行けそうなん？　連絡してもぜんぜんメール返してくれへんから、きのう済ませてしまったで」

「ああ、あすの朝、ここを発つ前に行くわ」

「何時？　わたしも行こうか」

「おまえ仕事あるやろ。タクシー捕まえて顔見せてくるから——」

話している最中に、「笹川くん」と杉浦から声がかかった。硝子だけにわかる面倒そうな表情をみせてから、鳥彦は足早にそちらへ向かう。話を始めた鳥彦の背に「お疲れさん」と囁《ささや》き、硝子は空になったふたつのグラスをテーブルに置いた。

ほろ酔い気分の桜井部長をタクシーに乗せ、リーガロイヤルホテルを出る頃には夜の十一時を過ぎていた。最寄りの出町柳駅に着くと、ぽっかり浮かんだお月さまを仰《あお》ぎながら鴨川沿いの通りを少し歩く。貴船鞍馬の玄関口にあたる出町柳は、日中はリュックをしょった観光客を見かけるが、夜ともなればひとは少なかった。

「いい風が吹いとる。あと少ししたら大文字焼きの季節やんなあ」

盆の送り火である五山送りが済めば、季節は一気に残暑へ向かう。祇園祭《ぎおんまつり》が始まったのはついこの間のことのように思えるのに、夏はいつも駆け足で過ぎていく。

そのとき、鞄《かばん》の中のスマホが受信を知らせる通知音を鳴らした。見れば、専用アプリに新着のボイスメッセージが一件届いている。差出人は川上未和。

「未和……!?」

心臓が大きく跳ねる。

はやる気持ちで危うく端末を落としかけながら、硝子はメッセージを開いた。だが、再生する前にパスワード画面に阻まれる。どうやら未和の側でパスワードを設定しているようだ。ボイスメッセージの通知欄にはほかに何も記されておらず、どうやって開いたらよいのかわからない。

「何でパスワードがないんや。未和あの子、うっかりさんか……！」

苛立《いらだ》ちながら思いつく言葉をいくつか打ち込むが、弾かれてしまう。何度か試したあと、諦めて未和のスマホに電話をかけた。けれどつながらない。いつもの「おかけになった電話は」から始まる自動音声に切り替わるだけだ。歯がゆさからもう一度メッセージを開こうとすると、画面に着信表示が出た。発信元は木賊班長。

「こんなときに……！」

舌打ちをして、硝子は通話ボタンを押す。

「はい、笹川です」

『桜井部長とはもう別れたのか？』

「少し前にタクシーでお送りしました。学会も問題なく終わりましたよ」

用件は今日の報告だろうかと考え、硝子は学会の様子を手短に伝える。少しの間沈黙が流れた。明快な気性の木賊がためらうそぶりを見せるのはめずらしい。

「何かありました？」

スマホを引き寄せ、声をひそめる。木賊から至急で連絡があるとすれば、おそらく未和の件だ。もしかすると、未和につながる手がかりが見つかったのか。

『笹川、落ち着いて聞けな』

「はい」

『川上未和だが、見つかった。東山区の廃校の裏山で……。遺体で発見された』

火を真正面から直視したときみたいに、視界が真っ白に染まる。よろめきながら電柱にもたれ、硝子は端末を両手で握った。受話口の向こうの木賊の声がよく聞こえない。もう一度、とかろうじて声を絞り出した硝子に、死後ひと月近くは経っていると、木賊は感情を消した声で告げた。

＊

数年ぶりにクリーニングに出したスーツは、少し縮んでいたらしい。凝った肩を揉《も》んで、山田はポケットから鍵を出す。山田の実家は、定食屋と同じ敷地内に別戸で立っている。父親は十年ほど前に病気で他界していたが、年老いた母親は健在だ。

「ただいまぁ」

ドアを開けて、そっと中に声をかける。零時《れいじ》を回っていたため、母親は眠っているかもしれないと思い声をひそめたのだが、「おかえりなさい」とすぐに居間のほうから声が返った。玄関灯を消してドアの内鍵を締める。母の春《はる》は扇風機をかけた居間で、テレビを見ていた。

「遅かったな。仕入れ先との打ち合わせ、揉めとったの？」

「まあ、ぼちぼちな。今年、野菜が不作やったし、値上げしとるやんか。ちゅうか、おかあさん、夜でもクーラーかけて言うてるやん。熱中症になるで、ほんま」

ネクタイを緩《ゆる》めて、山田は台所の蛇口をひねる。ピルケースから取り出した錠剤を飲んで、「俺の帰りは待ってなくてええんやで」と苦笑した。もう三十過ぎのいい歳になるというのに、春はいつもなんだかんだ理由をつけて、山田の帰宅を待っているのだ。

「ドラマ録りためたぶんがあったから、ついでや」

「ほいなら、ええけど。ガス栓切ってええ？」

「うん。そろそろ眠くなってきたし、あと頼むわ」

テレビを消して、春はいそいそと腰を上げる。もう七十近くなる春だが、定食屋の帳簿管理をしているためか、受け答えはちゃきちゃきしているし、身体《からだ》も元気だ。

「おかあさん」

それでも昔よりは一回り小さくなった気がする母の背に、山田は声をかけた。

「おやすみ」

「おやすみ。あんたもはよ、風呂入って寝るんやで」

いる。

「はいはい」

春が階段をのぼる音に耳を傾けながら、空にしたコップを洗って水を切る。脱いだスーツの胸ポケットからスマホを取り出した。中には隠し撮りした何枚かの写真が保存されている。

山田は今日、リーガロイヤルホテルに結婚式で行ったわけではなかった。春に語ったように、仕入れ先との打ち合わせに行ったわけでも。

夢視研究学会に参加した面々の顔を写真で確認したあと、ひとつの電話番号を呼び出す。通話を試みるものの、それはすぐに不在の音声に切り替わってしまう。このひと月何度やってもそうだった。諦めて、彼女が失踪前に残した留守番メッセージを開く。音量を上げて再生ボタンを押し、スマホを耳にあてた。

ザザ……ジジッ……

ノイズがわずかに入ったあと、覚えのある女の声が山田に呼びかける。

『あき、聞こえてはる?　……未和です』

四章　貴方の1／2の横顔

　未和の遺体は、東山にある廃校舎の裏山から発見された。

　市が委託している剪定業者が定期の草刈りに入った際に見つけたらしい。死後ひと月近くが経過していたため腐敗が進み、歯の治療痕や持ち物などから未和と断定された。遺体のそばにはショルダーバッグが落ちていて、中には運転免許証や財布のほかに、辰巳ヘルスで購入した睡眠薬が入っていた。スマホだけは見つからなかったが、未和のものと見られる手帳には仕事や不眠の悩みが綴られていたという。

「未和の夢視《ゆめみ》をさせてください」

　申し出た硝子《しょうこ》に、「そう言いましてもね……」と占出《うらで》が息をつく。硝子の直談判は予想していたのだろう。管理官席に座る占出は落ち着き払っている。

「川上さんは自殺の線が濃厚です。遺書はありませんでしたが、彼女が重度の睡眠障害を患っていたことは君たちの聞き込みからわかりましたし、周囲に他殺を疑う余地もない。

それに彼女には一度自殺未遂《みすい》歴がある」

「未和のスマホは？　見つからなかったんでしょう？」

「心身衰弱した人間が衝動的に捨ててしまったという可能性はあります」

「それなら、未和がL－pxを持ち出した件はどうなったんです？　渡した相手は見つかったんですか」

「いえ……」

占出は言葉を濁した。

「ただ、現状ネット上でL－pxが取引されている形跡はない。辰巳ヘルスからもL－pxに関する証拠は出ませんでした。単に川上さんが盗んで捨てたのではないか、という見方も出ています」

「そんなむちゃくちゃな」

占出もその見解には無理があると感じているのか、「そういう見方があるというだけですよ」と首を振る。管理官席のそばにあるテレビからは、「現役捜査官が謎の死」というニュースが未和の顔写真つきで流れている。東山の廃校舎の映像と「自殺か」のテロップ。

こめかみを揉んで、占出はテレビを消した。

「L－px紛失の件は、まだ公にはされていません。ですが、一部の情報筋では噂《うわさ》になり始めていますし、そう遠くないうちにメディアにも嗅ぎつけられるでしょう。上層部はこの醜聞を早く収めたいんです」

「未和が誰かに殺されたのかもしれへんのに、ですか」

「夢視者に自殺衝動や窃盗癖《せっとうへき》があるという誤った報道はこの先必ず出てくる。馬鹿馬鹿しいと一蹴《いっしゅう》できればよいですが、一度損ねたイメージを回復することは難しい。ひいては、特殊捜査官の存在そのものに疑問が呈される可能性もあります。それは避けなければなりません」

「でも……」

占出が案じていることはわかる。けれど未和の死とそれはまた別問題だ。未和は何故死んだのか。ひと月前、未和の身に何が起こったのか。手がかりは目の前にあるのに届かない。

「とにかく君が夢視をするには、許可証の発行が必要です。そして夢視は原則的に殺人や放火などの凶悪事件に限られる。自殺の疑いが濃厚な市民に使うものではありません。……たとえ、君がそれをしたいと願っていたとしても」

語り口こそ穏やかだが、占出の表情は厳しい。現状、未和の夢視はほぼ不可能だと考えたほうがいい。

「捜査官なら、ルールに従わなくては。有能な君ならわかるでしょう」

やるせなさがこみ上げ、硝子は唇を噛《か》む。笹川、と機を見計らって木賊《とくさ》が肩を叩く。半ば木賊に引きずられるようにして、硝子は執務室から出た。せわしなく捜査員が行き交う廊下《ろうか》を少し歩いて、人気のない休憩スペースに入る。曇りガラスで仕切られた喫煙《きつえん》スペースに軽く背を預け、木賊は尻ポケットから財布を出した。

「何か飲むか」

「……いえ」

硬い声を出して硝子は俯《うつむ》く。

「おまえの気持ちはわかる」

「そうですか」

「ふてくされた顔すんなや。俺だって悔しい。結果的にあの子、救えなかったんや」

その言葉に硝子は小さく肩を震わせた。

「そうや、救えなかった……」

あかん、と思う。押し込めていた感情が暴れ出して、言うつもりではなかったこと、言ってはいけないことが口をついて出そうになる。

末和が死んだと聞いたとき、嘘や、と思った。信じられない。こんなことが起きてよいはずがない。職務上、理不尽に奪われる命に日夜接していながら、自分の友人にだけはこんなことが起きるはずがないとどこかで信じていた。硝子はなんて愚かしく、甘い人間だったのだろう。

未和が死んだとされるのは、硝子が彼女と夕ごはんを約束していた夜から数日の間だ。あのときもっと何かをしていれば、未和は死なずに済んだかもしれない。せめて仕事が終わるまで府警で未和を待っていれば。もっと早くに連絡を取ろうとしていれば。最近あまり眠れなくてな――そう呟《つぶや》くあの子の話をきちんと聞いていれば！

「なんでもっとはよう気付けなかったんや。友だちやったのに、あの子しんどそうにしてたのに、なんでわたし何もできひんかったの！」

「笹川」

木賊の手が硝子の肩をつかむ。こちらを労わるような声が身に沁みた。木賊の顔色は硝子に劣らずひどい。このひとも未和の死に苦しんでいるのだと気付いてしまって、それ以上言い募《つの》ることができなくなった。

「……すいません」

「いや。――おまえ、ちょっと休め。有休余りまくっとったやろ。どうせ年度切り替えたら捨てるだけなんやし、それ消化してこい」

この状況で休むなんて、本当はしたくない。けれど木賊の顔を見たら、これは占出も了承済みのことなんだとわかってしまう。特殊捜査官の報道が世間をにぎわせている状況で、硝子たちの夢視はますます難しい。一度捜査から外せと、上から通達があったのかもしれない。

「わかりました」

少しだけ口角を上げて、硝子はうなずく。

「引き継ぎは化野《あだしの》に」

悪いな、と木賊が呟く。いいえ、と笑うことはもうできなかった。

翌日、特殊捜査官全員に自宅待機が命じられた。期間は事件が落ち着くまでの当面の間。

占出から連絡を受けた硝子は、思わず振り上げたこぶしをベッドに押し付けた。

＊

蛇口から細く糸のような水が伝う。少しずつ洗面ボウルに溜まっていく水を眺め、硝子は水底に手をついた。ぬるくもなく冷たくもない水が、硝子の手首から腕へと這《は》い上がる。腕を浸した水の色がじわりと赤く染まる幻影がよぎって、思わず栓を引っこ抜いた。

「……何しとん、わたし」

薄く自嘲《じちょう》し、硝子は洗面台の前に座り込んだ。陶器の洗面ボウルにこつんと額をあてる。

（立てない）

自宅待機の連絡を受けてから丸二日が経つ。連続した休日なんていつぶりだろう。部屋の掃除や服の入れ替え、やりたいことはたくさんあったはずなのに、身体がまるで動かない。硝子は顔を洗うのをやめて、床に寝転がった。クーラーの送風を受け続けたフローリングは、ひんやりと冷たい。電気をつけず、カーテンも閉めっぱなしにしていたせいで、室内は薄暗かった。そもそも今は何時だろう。最後にごはんを食べたの、いつや……。

考えているうちにまどろんで、短い夢を見る。

夢の中で硝子はひとり、暗くなり始めた道を歩いている。街灯に集まった羽虫が時折、じじっと嫌な音を立てる。遠くに赤い山影が見えて、ああこれ東山や、と思った。硝子はたぶん未和の夢を見ている。

アスファルトを鳴らすパンプスの音が徐々に速くなっていく。息が切れる。何かが追いかけてきている！

（たすけて！）

叫ぼうとするのに、咽喉《のど》が塞《ふさ》がったかのようにうまく声が出せない。このままでは追いつかれてしまう。徐々に近づくあの暗く恐ろしい何かに。

（たすけて、たすけて、だれか！）

いつの間にか、あたりは廃校舎の雑木林に変わっていた。

（いやや）

本能的な恐怖を感じて、硝子は首を振る。

（いやや。見たくない）

（おねがい、覚めて。覚めて、夢……！）

鬱蒼と茂る林にぶらりと揺れる人影があった。長いロープが樹に吊り下がっている。硝子は首吊りを何度か見たことがあった。木賊にどやされながら、死後ひと月以上の遺体の検視に立ち会ったこともある。だから、それは精密に再現されてしまう。未和の顔で、身体で。どろどろに溶けた肉の臭いまでも。

「――――っ！！」

くぐもった自分の悲鳴で、硝子は目を覚ました。

「あぁ……あ……」

身体が冷たい。急激な体温の低下と震え、呼吸困難。頭の冷静な部分で、ナイトメアや、と思う。硝子は放ってあったバッグからピルケースを取り出した。指が震えているせいで手間取って、中のものをぶちまける。床に転がった錠剤からふたつを取って口に入れ、そのまま無理やり飲み込んだ。常用の感覚抑制剤ではなく、即効性の鎮静剤のほうだ。

「うう……」

ぎゅっと膝を抱え、背中を丸めて目を瞑《つむ》る。こういうとき、何かを考えようとすると状況が悪化する。見えない、聞こえない、考えない、何も。しばらくそうしていると、徐々に震えがおさまり、呼吸も落ち着いていった。息をついて、硝子はふふ、と力なく笑う。

「何年ぶりや。ナイトメアなんて……」

自宅待機を言い渡される前、捜査一課は未和の遺体発見の話題で持ちきりだった。木賊か占出か、それとも別の捜査員か。事件に関する誰かのイメージを無意識のうちに読み取って、硝子は夢に視たのだろう。感覚抑制剤を飲み忘れていたのもたぶんよくなかった。

ナイトメアは、罹患者《りかんしゃ》の弱った心や身体に引きずられて現れる。硝子の場合、遠縁をたらい回しにされていた幼少期が特にひどくて、ともに暮らす親族のネガティブな感情を読み取っては、ぼんやりとしたさまざまな悪夢を――ナイトメアを見た。それらは鳥彦に引き取られ、椎葉とともに暮らすうちに減っていったのだけども。

わたしはもう平気なのだと硝子は思っている。怖い夢を見て泣いていたのは過去のことで、そういう自分とは決別したのだと。

けれど、本当にそうなのだろうか。

硝子が身につけたのは、悪夢におびえる自分を押し込めて、平気なふりをするすべだけなのかもしれない。夢の中であきを探して泣いていた子どもは消えたわけではなく、今も硝子の心の片隅に棲《す》んでいる。

（いくつになっても、結局同じか）

わかっている。こんな風に部屋に引きこもって、夢と現実のあいだをさまよっていたって、状況は何も変わらない。わかってはいるのだ。立ち上がって、顔を洗って、自分のためのごはんを作って、そういう小さくてしんどいことを積み重ねて、生きていかなければならないと。けれど、今は重い泥濘《でいねい》に囚われたかのように身体が動かない。どうしたらいつもの自分に戻れるのか、自分でももうよくわからない。

「わたし、しょうもな……」

すん、と鼻を鳴らして目を閉じる。

そのまま浅い眠りを何度か繰り返した。身体が冷えてきたことに気付いて薄く目を開き、充電器に挿したままのスマホを引き寄せる。表示された時間は夜の七時を過ぎていた。無為に画面をタップしていると、急に着信モードに切り替わり、触れた指先が通話ボタンを押してしまう。

『もしもし、しょこちゃん?』

受話口から聞こえた声は、思いも寄らないものだった。硝子はスマホを持ったまま、大きく目を瞠る。はい、とも、いいえ、ともとっさには答えられなかった。

『しょこちゃんやな? とりあえず聞こえてたら、アパートのドア開けて』

「アパートって……」

マスターのまったりしているのだか切羽詰《せっぱつ》まっているのだかわからない声に押されて、ふらふらと立ち上がり、なんとなくドアチェーンを外してしまう。すべてが夢の続きのようだった。ドアを少しだけ押すと、外側から勢いよく開かれる。目の前に、息を切らした定食やまだのマスターが立っていた。

「ま、ますたー……?」

何でこのひとここにおるんやろ。呆けた顔で見上げた硝子の両肩をマスターの手がつかむ。はあ、と脱力したように息がつかれた。

「無事か……。しょこちゃんなあ、ラインに既読くらいせえよ。死んどるかと思うたわ」

「連絡、くれはったの?」

耳から外したスマホを確かめると、不在着信やラインが山ほどたまっていた。

「なんで?」

「そら、しょこちゃんが心配だからに決まっとるやろ」

「……なんで？」

同じ質問を繰り返すと、マスターは目を細めて、硝子のぼさぼさ髪に手を載せた。くしゃくしゃと犬っころにでもするようにかき回して、ニュース見た、と呟く。その短い言葉でマスターがここに来た理由がわかってしまって、硝子はゆっくり目を開いた。

「でも今日、お店……」

「もともと閑古鳥《かんこどり》鳴いてる店やし、今さら一日くらい休んだって誰も文句なんか言わへん。それより、常連さんの体調管理のほうが大事やわ」

肩にかけたトートバッグから、スポーツ飲料、フルーツゼリー、湯せんをするだけででできるパックのお粥といった品々をマスターは取り出す。呆けたままの硝子に、「あとこれ」とひまわりの手拭《てぬぐ》いに包まれた弁当箱を渡した。

「しょこちゃんスペシャル。宅配特製弁当」

「う、うそやん。弁当って……手作り？」

「定食屋がよその弁当には頼らんよ」

そこだけやたらと胸を張るマスターに、気付けば少し笑っていた。

「定食屋て、閑古鳥のくせに」

「味も雰囲気《ふんいき》もええねん、常連さんには御贔屓《ごひいき》にしてもろうてるわ」

「せやな。やさしいマスターもおるしな」

「やさしいイケメンマスターや」

微笑《ほほえ》み、マスターは硝子の乱れた前髪を指で直した。本当に何気ない仕草だった。マスター自身も気付いてなかったのではないかというくらい。

「ほな、帰るわ。あとでラインするから必ず返信すること」

部屋の中まで上がらないところは、いかにもマスターらしい。定食やまだでもそうだ。カウンターとキッチンの境をマスターは決して越えない。そこを越えると、「常連さん」と「マスター」の関係が揺らいでしまうことをきっと知っているからだ。

今日訪ねてきてくれたのは、たぶん例外だったのだろう。マスターの気遣いに感謝して、硝子も「ほな」と返すつもりだった。

「おおきに。ほな、また……」

けれど両手が勝手に伸びて、マスターのTシャツの裾をぎゅっとつかんでしまう。

「しょこちゃん？」

「やっぱり帰らんといて」

俯いたまま早口で言う。自分でも動揺《どうよう》していたせいで、声が少し上擦ってしまった。

「帰らんといて。れ、レンジの使い方忘れた」

「忘れたて……」

「しょこちゃんスペシャル食べ終わるまでそばにいて。食べ終わるまででええねん」

今だけはどうしても誰かにそばにいてほしかった。そうでないと耐えられないような、そんな気分だった。面倒くさい女だと思われたかもしれない。それでも、いつもの調子を装《よそお》うこともできなくて、硝子は目を瞑る。少しの間落ちた沈黙の代わりに、外の蜩《ひぐらし》の声が大きくなる。

「もう蜩が鳴く季節やんなあ……」

しみじみと呟いて、マスターは開けっぱなしだったドアを閉めた。

「ほな、おじゃまします」

靴入《くつい》れの上に置いた差し入れたちをトートバッグに入れ直して、靴を脱ぐ。マスターが本当にオッケーしてくれるとは思わなかったから、硝子は慌てて消しっぱなしだった電気を点けた。リビングはそういえば、さっき錠剤をぶちまけたままだった。もともとアパートには寝に帰るくらいだったから散らかってこそいないものの、二日間生活を放棄していた女の部屋は独特の荒れたかんじがある。

「しょこちゃんなあ……」

部屋の惨状《さんじょう》を目の当《ま》たりにしたマスターが深く息をついた。やっぱり引かれたか、と身構えていた硝子の頰《ほお》をマスターの両手が引っ張る。

「あかんときは連絡しなさい言うたやろ。ほんっとうにこの子、あほの子やな！」

「あほの子ってなに！」

「すぐにためこみすぎるあほの子やろ。野垂れ死んでも知らんで」

錠剤を拾い上げて、「しょこちゃんはそこに座んなさい」とマスターは有無を言わせない口調で座椅子《ざいす》を指した。普段はまったりしているマスターなのに、こうなると硝子は何だか逆らえない。実際、二日間ろくに食べ物を口にしていなかったせいでふらふらしていた。

「冷蔵庫は？　開けてええか？」

「いいけど、なんもないで」

「うーん、ほんまや。見事に荒れ地や……」

切なげに呟いて、マスターは冷凍ごはんと卵を取り出す。あとは梅干にチューブの生姜。

「乾物はある？」

「切干大根なら。あとわかめ」

「それでええわ」

キッチンを見渡してから、マスターは鍋敷《なべし》きの上に載っていた小鍋をコンロに置いた。お弁当のほうは「明日食べなさい」と冷蔵庫にしまわれる。調味料の置き場所を硝子に二、三聞いただけで、あとは手際《てぎわ》よく小鍋で冷凍ごはんを煮て、切干大根をふやかし、卵を数個溶く。台所に立つマスターは魔法使いみたいだ。生活臭の欠片もなかった部屋で、湯気が上がり、ごはんのおいしそうな香りがしてくる。それにつられたのか、思い出したように硝子のおなかが鳴った。

「おなか減ってきたやろ？」

「うん。なんか急に」

「ひとの身体《からだ》はどんなときもおなかすいて、眠るようにできとんねん。当たり前や」

「……わたし、どちらもときどきうまくできなくなるけどな」

「すぐ元通りになるで、大丈夫」

よいしょ、とマスターは卵焼きを角皿に移して、テーブルに運ぶ。切干大根の卵焼き、わかめのお味噌汁、それに生姜と梅干ののったお粥。あの少ない材料でどうやって作ったんだろう。凝ったところなんてないのに、おいしそうなごはんだった。

おいしそ、と呟くと、たんとおあがり、とマスターが微笑んだ。ごはんは硝子だけでなく、マスターのぶんもある。対面に座ったマスターがいただきます、と手を合わせた。

「なんや新鮮やなあ。マスターがいただきますしてるの」

「いや、俺かて三食食べてんねんで。ひとに作っているだけやない」

「うん。いただきます」

お箸を取って、まずはお味噌汁を少し啜《すす》る。市販のあわせ味噌のはずなのに、味わい深く身体に沁みた。それから、お粥をすくって息を吹きかける。とろとろに煮崩れたごはんは出汁のやさしい味がする。ぴりりと効いた生姜がおいしい。擂《す》り下ろしたものではなく、冷蔵庫に転がっていたチューブの生姜なのに。おいしい、と知らず硝子は声にしていた。

「すごく、おいしい」

こんなことが前にもあった。硝子が眠ることも食べることも上手にできなくなって、がりがりに痩《や》せていた中学生の頃。定食屋の見習いのおにいさんがオムライス定食を作ってくれた。あのときも、何でもないただのオムライスに過ぎないのに、急に身体がほかほかと温かくなって、押し込めていたものが溢れて止まらなくなった。丸い水滴がテーブルに落ちる。未和が死んでからずっと流せなかった涙。殺していた感情。

「うぇ……ひっ……っく……」

こぼれた嗚咽《おえつ》を飲み込んで、硝子は両目に手を押し当てた。

「ますたー……ますたぁ……」

「うん。どないした、しょこちゃん」

「こわいゆめ、見るよう……」

細い声で訴え、何度もしゃくりあげる。大きな腕が硝子の身体を引き寄せた。瞬きをした硝子の頭に手を差し入れながら、「大丈夫やで」とマスターが囁《ささや》く。

「大丈夫や、しょこちゃん。怖い夢はもう見ない」

その声が、その体温が何かに重なった気がした。けれど、今は考えることに疲れてしまって、思ったよりも低温で居心地のいいその場所に溺れたくなる。息を吐き出すと、硝子は男の背にそっと手を回した。


お茶碗やコップを片付けて、九時を回る前にマスターは帰っていった。こういうところはいい歳した男と思えないくらい紳士的だ。硝子はマスターより九つも年下だから、そういう相手として思われていないだけかもしれないけれど。

『硝子、ハッピーバースデー。もう寝てしもうたかな』

一人になった部屋で、未和のボイスメッセージを再生しながら、硝子はフルーツゼリーの蓋をぺりりと開ける。冷蔵庫で少しの間冷やしておいたゼリーは涼やかに甘い。おなかが満たされてくると、感情のおさまりどころが少しずつだけども見つかって、頭が正常に働くようになってきた。

たまっていた新聞を読み、ネットに落ちているニュース記事を検索する。

未和の死亡推定日は七月二日の夜から五日にかけての間。

司法解剖《かいぼう》によれば、死因は縊死《いし》。首に巻かれていたロープからは未和以外の指紋は検出されず、頸部《けいぶ》に首吊り特有の索条痕《さくじょうこん》が見られたことや、遺体に争った形跡がなかったことなどから、自殺と断定されたようだ。手帳に走り書かれていた不安を吐露する言葉や、バッグの中の睡眠薬も判断の参考にされたらしい。未和は重度の睡眠障害を患い、精神的にも不安定な状態にあった。Ｌ－pxの持ち出しや消えたスマホも、すべて「精神的に不安定な状況にあった」という理由で説明されているようだ。しかし、疑問は残る。

（Ｌ－pxは、未和の部屋から見つからなかった。ということは、誰かの手に渡っていると考えるのが自然やし……少なくとも、その相手はまだ見つかってへん）

何故、未和はその人物にＬ－pxを渡したのか。その人物は今どこで何をしているのか。そして。

（未和の死に、あきは関わっているのか）

「ナイトメアはもう見ない、か」

さっきマスターの声があきの声と重なって聞こえたのは、この言葉のせいだったのだと気付く。悪夢を見て泣いている硝子をあやしてくれたあきの声、温度、手のひら。ずっと前に失ったはずのものが鮮明に蘇《よみがえ》った。

「ナイトメア……？」

ふと別のことを思い出して、硝子はスマホを手に取る。画面をタップして開いたのは、失踪直前に未和が硝子にあてたメールだ。

『ナイトメアはもう見ない』

あのときは何でこんなメッセージを、と困惑した。ナイトメアなんて言葉、未和が軽々しく使うわけがないのに、と。けれど、もしも未和が何かを予感して、あらかじめこの言葉を硝子に送っていたと考えたらどうだろう。これはただの未和らしくないメールではなく、背後に確かな意志が存在していたのだとしたら。

硝子は震える手で、最後に送られてきた未和のボイスメッセージを開く。再生はできず、前回と同じようにすぐにパスワード画面に接続された。思いついた言葉を入力欄にローマ字で打ち込む。

『ナイトメアはもう見ない』

終わりまで打つと、決定ボタンを押す。読み込みのあと、ほどなく画面が切り替わった。

（パスワード……！）

失踪前、未和はボイスメッセージを開くためのパスワードを硝子に送っていた。録音をしたのも同時期だろうか。理由はわからないが、おそらくボイスメッセージだけが遅れて届くよう予約しておいたのだろう。そのデータが未和の遺体発見とちょうど同じタイミングで硝子の端末に届いた。

未和の失踪は七月二日、メッセージの着信は八月二日。予約設定はおそらく「一か月後」。

「未和……」

咽喉《のど》がからからに渇いている。冷蔵庫から取り出したミネラルウォーターに口をつけ、硝子はデータを開いた。音が入ったあと、数秒ノイズ混じりの沈黙が続く。そして――。

『硝子？　聞こえてはる？』

懐かしい声が、端末越しに伝わった。

「未和！　聞こえとるで、あんた……！」

『わたし。川上未和です』

思わず会話を始めようとしてしまってから、これが過去に録音されたデータに過ぎないことに気付く。スマホ越しの未和の声には不思議な静けさがあった。まるでこれから起きる惨事を予見するかのように。

『もしものときのために、硝子にだけこれを残しときます。たぶんそんなことは起きないし、あとで自分で消すことになるやろて思っているけど。わたし用心深いんよ』

いつの間にかふらふらと硝子は立ち上がっていた。ベランダに続く窓から、市街地の明るさが残る夜空が見える。未和がこの街のどこかで同じ空を見上げているような錯覚に囚われた。

『でももし、硝子がこれを聞いてはるなら……できたら、ひとりで聞いてほしい』

「うん、ひとりや。ひとりで聞いてるで、未和」

『わたしたちが夢視で使うてるＬ－px』

ためらうような間のあと発せられたのは、いつもと違う友人の厳しい声だった。

『Ｌ－pxには知られていない欠陥がある』

＊

硝子のアパートを出た山田は、ひとり鴨川沿いの道を歩いていた。

定食やまだと硝子のアパートは徒歩十分圏内にある。いわゆるご近所さんで、前に教えてもらったアパート名だけでたどりつけたのはこのためだ。

夏草が生い茂る河原では秋の虫が鳴き始めていた。吹き抜ける風は思ったよりも涼しい。風の気配に誘われ、少し前まで腕の中にあった痩せたぬくもりが蘇った。

（あの子はまた、無茶ばかりしよって）

ドアを開けたときのきょとんとした顔を思い出すと、苦い気持ちがこみあげる。硝子は少々自分を過信しているきらいがある。普通の女なら抱えていて当然の脆さや弱さに鈍いところがあるのだ。だから、山田には硝子が危うく映ってしまう。昔からずっと。ずっとだ。

山田――あきは十五年前の放火事件を機に「澤井空」の名を捨て、「山田空」として今まで生きてきた。山田夫妻は夢視とは何の関係もない一般人で、ササガワ研究所で昔働いていた傘井《かさい》という男が引き合わせてくれた。あきみたいな訳ありの子どもも、眉《まゆ》をひそめず家に迎えてくれた温かいひとたちだった。

『よく食べて、よく働きなさい。そうしたら、悪いものなんかやってきぃひん』

心筋梗塞《しんきんこうそく》を起こして倒れるまで、言葉のとおり養父はよく食べてよく働くひとだった。ひとの暗がりばかりを見てきたあきにはまぶしく感じられるほど。

「そやけど、いつまでたっても、おとうさんみたいにはなれへんなあ……」

呟《つぶや》いて、街の明かりが揺らめく川面《かわも》を歩道から眺める。

硝子に自分のことを話そうかと考えたことがある。しかしそのたびにあきは自分の顔を完全に忘却している硝子を目《ま》の当たりにする。ササガワ研究所で放火があったとき硝子は七歳。記憶が曖昧《あいまい》なのは仕方ないが、その一方で、過去やそれにまつわるあきのことを彼女は忘れ去りたいのではないかと考えてしまうのだ。

そのとき手の中のスマホが振動した。養母か硝子かと思って画面をスワイプさせたあきは、通話元の名前を確認して瞬きをする。

「……傘井せんせ?」

対岸の道を走る車を目で追い、端末に注意を向ける。

「ああそうや、電話した。L－pxの分析結果なんやけど、もう出た?」

＊

『わたしがはじめて変やな思うたのは二年前。夢視のあとのことやってん』

深夜のアパートにはクーラーの稼働音《かどうおん》だけが響いている。ベランダの窓に背を預けて、硝子は未和の声に耳を傾けた。

『その少し前から夢視が安定せえへんで、焦ってた。思ったような証拠を挙げられないことが続いてたんよ。ただ、その日はいつもより深いところまで潜れた気がして、対象の記憶も鮮明に読み取れた。調子を取り戻せた思て、ほっとしてたんやけど、そのあとから不眠が続くようになってしもうてね』

気のせいだと未和も最初は思ったそうだ。ただでさえ心身に負担をかける夢視は、ささいなことが不調につながるときもある。

『そやけど、一年くらい時折同じことが続いて……ほかの捜査官に聞いても反応はまちまちで、皆気のせいかもしれへんて言う。植村先生に聞いてみたこともあんねん、わたし。夢視でなんや体調おかしくしているのかもしれへんて。先生は数値上の異常はないって言うてはったけど、しんどくて』

未和が辰巳ヘルスから睡眠薬を購入し始めたのが一年前。未和のかかりつけ医である白石も、同じ頃睡眠薬を増やせないか相談を受けたと言っていた。未和の言葉と周囲の話は一致している。

『半年くらいしんどいまま、どうにかこうにか仕事してたなあ。――あきと偶然再会したのもこの頃』

「あき？」

ふいに挙がった男の名に、心臓が小さく跳ねる。

『びっくりやろ。生きてはったんよ、あき』

こちらの事情など知るよしもないから、未和は心なしか楽しげだ。

『クリニックに行く途中で、具合悪うなって動けへんでいたら、声をかけてくれたのがあきだった。顔見てお互い驚いたわ。こんなとこで再会するなんて考えもせえへんかったし』

あきのことを話す未和の声には、研究所の幼馴染《おさななじみ》たちに向けるのと同じ、柔らかな親愛がこもっている。あきが今どこで何をしているのか、未和は語らなかったが、少なくとも彼女があきに信頼を寄せていたことはわかる。

クリニックでの再会をきっかけにふたりは連絡を取り、未和は自身の不調や夢視についてあきに相談するようになったそうだ。心配したあきは知り合いの医師のもとに未和を連れて行った。

『そのお医者さん、もともと旧ササガワ研究所で働いていたひとやの。そのひととだけ、あきは今も付き合いがあったみたい。ほかにも、亀岡研究所に入らなかった研究者が数人、先生と一緒に行動しているみたいやった』

彼らは、亀岡研究所が立ち上がった際に縮小された一部門——夢視のリスクに関する研究を続けていた。そして、ひとつの懸念《けねん》が内部で持ち上がっていたのだという。

『それが「耐性」や。同じ薬を繰り返し使用するうちに、薬そのものが効かなくなってしまう現象——Ｌ－pxでも、かつて臨床《りんしょう》実験時に、一部の夢視者からこの耐性の傾向が見られたんよ』

Ｌ－pxの耐性に関する報告は、公には出ていない。だが、繰り返し使用した薬剤に対して耐性が現れるのはありえないことではなかった。実際、糖尿病に使われるインスリンや興奮剤でも耐性が生じることが知られている。

未和の話によると、ササガワ研究所時代、一部の研究者からＬ－pxの耐性を危惧する声が上がっていたらしい。当時はサンプル数も少なく、薬効に影響が出るほどの数値は確認できないと話は打ち切られたそうだが。

『夢視捜査に携わってわたしは五年。耐性が出てもおかしくない。一時的に夢視がうまくできひんようになっていたのも、それなら理解できる』

「そやけど未和、放火の夢視はできてたやんか」

最近未和の調子が悪いと班長の和泉は言っていたが、硝子の知る限り、いくつかの夢視はきちんとこなしていた。耐性反応があったと仮定するなら、つじつまが合わない。未和の話はありえないことではないけれど、一研究者が語る仮説に過ぎず、にわかに信じることはできなかった。

『でもその話を聞いたとき、わたし、変やなあて思たの。確かに夢視できひんときもあったけど、最近は前より調子がいいくらい。導入時から働いている捜査官はわたしを入れて十人。何人かは夢視の調子が悪いときもあったって話しとったけど、全体としての凶悪犯の検挙率はむしろ上がっとる』

未和が言わんとしていることに硝子もうっすら気付き始める。

簡単な推論だ。薬が効かなくなってしまったときどうするか。薬を替える、あるいは量を増やす。普通ならそうする。

『やけ、L－pxに代わる別の薬剤が、一部の夢視で使用されているんやないかって。わたしたちは考えたんよ』

「そないなこと……」

『もちろん臨床実験を経た正式な薬とはちゃう。スクリーニングに前臨床実験、人体に対する臨床実験、L－pxですら開発には十年以上の月日がかかってる。そう簡単に新薬が開発できるようには思えへん』

つまり、開発中の未承認薬。夢視のあとに起きていた不眠は、この新薬による副作用ではないかと未和は考えているらしい。

この春に府警に配属されてから夢視をした回数を硝子は考えた。三か月で四回。未和の言うような耐性は自分にはまだ現れていない。

『睡眠時異視症候群に対する知識を持った医者はまだ少ない。やけ、捜査官が夢視をするときに立ち会う警察医は、亀岡研究所から派遣された職員がほとんど。もしも彼らが一定の耐性が現れた捜査官に対して、未承認薬を投与してはるとしたら』

「そやけど、なんで……？」

『夢視学会に硝子は行ったことある？　あそこに集まるお偉方さんらは、わたしらの挙げる実績や数値に対して支援や寄付をしてはるんよ。政治家の票集めやら事務次官のポストやら、目的や思惑はそれぞれやけど』

硝子の脳裏《のうり》に鳥彦の周りに集った議員や法務省の関係者、資産家の姿がよぎった。そしてスクリーンに映っていた凶悪犯検挙率の数値、今後の目標値。支援者たちに捜査官の有用性を示し続けるために、未和の言う研究所による不正は起きていたというのだろうか。だが、警察医が捜査官に未承認薬を投与していたとして、その指示をした研究所側の人間は誰だ。捜査官を置いている警察はそのことをどこまで関知しているのか。足元が崩れていく気がして、硝子はその場に座り込んだ。

誰を信じたらよいかわからなくなる。けれどそれをいうなら、今未和が語っている「真実」が、彼女の妄想ではないとも言いきれないのだ。睡眠障害に起因する精神不安、被害妄想。その果てに未和が命を絶ったと世間では解釈されている。考えたくはないけれどその可能性だって——……。

『わたしな。この仕事についてから、不安でいつも押し潰されそうやってん』

ふと未和の声が囁くような響きに変わる。『わたし、硝子と違うてメンタル弱いねんと冗談めかして未和が笑った。

『もし夢視を間違うてしまったらどないしよ。どころか、夢視自体ができひんかったら。毎日不安でいっぱいで、そのたび自分のこと奮い立たせて、何とか仕事を続けてきた。こんなわたしでも、誰かの役に立てるならここにいてもいいかもて思えたから。……うまく眠れなくなったのはいつからやろ。ごはんがおいしく食べられなくなったのは。気付いたら、薬がないと眠られへんようになってた。最初は先生に処方してもろうてたんやけど、だんだん効かなくなってしもうてね。そのうち足りないぶんを買うようになった。いけないことやてわかってたんやけど、誰にも……硝子にも言えへんくて。ほんとなんでやろね、あきみたいな他人にしか、言えへんかったの』

俯きがちに呟く女の顔が、手を這《は》わせた窓ガラス越しに硝子には見えた。彼女はひとりでソファに座っている。目を腫《は》らし、後悔と自責で押し潰されそうな顔をしている。

ちゃうよ、とその女に向かって硝子は叫んでいた。

「ちゃうよ、未和。わたしかて聞いてあげられへんかった。自分のことばっかで、あんたのこと気にかけられへんかったの。そやから、未和はひとつも悪くない。ひとつだって悪くないんやで。なあ、未和——」

『今はもっと硝子と腹割って話したかったなて思う。……そやね、今日は時間がないけど、次は話そ？　友だちがこんなやねん、幻滅されるかもしれへんけど……』

ふふっと笑う未和に絶望的な断裂を感じて、硝子は口をつぐんだ。その機会が永遠に失われてしまったことをこのときの未和は知らない。

『少し前、L－pxを府警から盗み出した。今はあきとつながりのある研究者が持ってはる』

「あきの？」

『成分分析を進めてる。L－pxとラベリングされたその薬が本当にL－pxと同一のものであるのか。簡易検査は終わってん、詳細ももうすぐ明らかになる』

未和の口ぶりでは、消えたL－pxはあきたちの手に渡ったことになる。あれはやはりただの紛失ではなかったのだ。

『あきと旧ササガワの研究者の一部は、今の研究所に疑念を抱いてる。成分分析の結果がクロなら、何らかの形で公表しようとするはず。わたしもそれに協力することにした。それがわたしだけやのうて、ほかの夢視者みんなのためになると思ったから。硝子』

まだ頭の整理が追いつかないまま、声に引かれて硝子は顔を上げる。もうすぐこの録音が終わってしまう——そんな予感を抱きながら。

『持ち出したL-pxのうち一本は、四条烏丸《しじょうからすま》のトランクルームに保管してある。これはあきや仲間たちも知らない。わたしと硝子だけの秘密』

「トランクルーム？」

八桁の数字と記号の羅列を未和が読み上げる。トランクルームの番号とパスワードだとすぐにわかった。

『使い道は硝子に任せる。警察に戻すでも、あきに渡すでも、捨てるでも硝子の好きにしたらええ。硝子にはいろんなものに巻き込まれる前にこの場所から離れてほしいけど、わたしの言うことを素直に聞く性格にも思えへんし』

苦笑気味に未和は息をついた。

実際の未和はひと月前に廃校舎の裏山で死んでいる。今話しているのは事件が起きる前の生きて笑っていた頃の彼女だ。そのことに無性にかなしくなる。いやや、と硝子は握り締めたスマホに向けて叫んでいた。

「いやや、未和。切らないで……！」

この再生が終わったら、硝子と未和をつなぐ糸は完全に断ち切られてしまう。まだ話したいことも、聞きたいこともたくさんあったのに。端末を両手で握り、硝子はかぶりを振った。お願い、未和。あなたと話したいことがまだたくさんある。

『硝子』

府警の休憩ルームで話したときの、最後の未和の表情がよぎった。伏し目がちの果敢《はか》なげな微笑。

『あんたはそのままでいてな』

ぶつっと未和の声が途切れる。

『――以上、七月二日午後七時八分ノデータ、デス』

機械特有の音声とともにメッセージの再生は終了した。スマホを耳にあてたまま、硝子はその場に立ち尽くす。一方的に伝えられたメッセージは、まだ理解しきれていない部分も多い。それ以上に感情のほうが追いついていなかった。嘆けばよいのか、怒ればよいのかわからないまま、なんなん、と硝子は呟く。

「なんなん未和……」

途切れてしまった。メッセージの再生が終わったとき、硝子と未和をつなぐ糸も断たれてしまった気がした。代わりに残されたのは、未和はもう戻ってこないのだという現実だ。

音声アプリを終了させ、硝子は未和の電話番号を呼び出す。電話はもちろんつながらない。「コノ番号ハ現在ツカワレテイナイカ」から始まる機械音声に切り替わるだけである。けれど、それでもかまわなかった。

「阿呆《あほ》か！　あんたなんなんよ、未和！」

相手がいなくなってしまった送話口に向かって、硝子は叫ぶ。

「なんでや！　なんでこんなもん残すの⁉　なんであのとき相談してくれへんかったの！　なんであきじゃなくて、わたしに言うてくれへんかったの！　なんで、なんで……死んだのお……っ！」

硝子だって頭のどこかではわかっている。未和は硝子を巻き込みたくなかっただけだ。同じ特殊捜査官である硝子の立場や性格を考えて話さなかっただけ。ボイスメッセージに開封パスワードを添付しなかったのが呆《あき》れるほど未和らしいと硝子は思う。あれは未和の身に何も起こらなければ、首を捻りながら硝子が捨て去る、そういうメッセージだった。そういうメッセージになるはずだった。

「ねえ、なんで死んだの……」

さっきぜんぶ流したと思っていた涙がまた頰《ほお》を伝う。それを手の甲で拭《ぬぐ》って、硝子は機械音声を流し続ける端末を額に押し当てた。

――硝子の好きにしたらええ。

未和はそう言った。

警察に戻すでも、あきに渡すでも、捨てるでも。硝子の好きにしたらええ。

――L－pxは、四条烏丸のトランクルームに。

ひとつの決意を固めて、硝子は立ち上がった。

＊

未和の遺体は司法解剖を終えたのち、京都府警に戻ってきた。未和には身寄りがないため、アパートの大家さんが引受人になり、葬儀を取りしきることになったという。

テレビやネットでは、ひととき現役の特殊捜査官の不審死が取り沙汰されたものの、それも数日のことで、すぐに別のニュースが世間をにぎわせるようになった。

解剖の鑑定書は、未和の自殺という結論で提出されたらしい。未和の遺体は損傷が激しく、通夜の前に荼毘《だび》に付すことが決まった。火葬の前日に、警察署から斎場《さいじょう》の霊安室に棺《ひつぎ》ごと移されるという。立ち会いには、大家さんと一緒に硝子も行くことにした。

しとしとと降る雨が室内のフローリングに水紋を描く。硝子は腕を組んで姿見の前に立った。鏡には、蒼白い顔をして、じっと前を睨《にら》み据える喪服の女が映っている。

祖母の椎葉が死んだときも硝子はこうだった。気丈にしてはる、と祖母の友人には褒められたけれど、それと同じくらい、ちょっと冷たいんやないやろかとか、心が鈍いんやないかとも陰で囁かれた。感じる心がないわけではないのだが、いざその段になると、まるで外のすべてに挑むような顔を硝子はしてしまうのだ。

頰にかかった髪房を耳にかけ、息を吐き出す。

椅子《いす》の上に置いた鞄《かばん》を取り、硝子はアパートを出た。


「硝子ちゃん。今日はおおきになあ」

斎場に着くと、ロビーのソファから紋付の黒無地を着た大家さんが立ち上がった。いかにもひとがよさそうな大家さんは、「突然こんなことになってしもうて……」と悄然としている。

「未和のこと、ほんまありがとうございます」

心からの感謝を伝えて、硝子は頭を下げた。

あすの通夜は硝子も受付の手伝いを申し出ている。未和の棺の搬入を待つ間、当日の流れを聞いていると、鳥彦から研究所名義で弔電《ちょうでん》があったと大家さんが教えてくれた。未和の遺体発見以来、鳥彦とは用件のみのメールを二、三やりとりしただけで顔を合わせていない。借りた名簿を返す話もしたが、鳥彦のほうが多忙を極めていて先延ばしになっている。

未和の語った研究所の疑惑について、鳥彦は知っているのだろうか。

ボイスメッセージを聞いてから、硝子は時折考える。

もし本当にL－pxの耐性の隠蔽や未承認薬の投与を研究所主導で行っている場合、所長である鳥彦が知らないということは、たぶんない。あるいは鳥彦自身が指示をしている可能性も十分考えられた。未和は研究所が抱えるトラブルに巻き込まれて死んだのだろうか。それとも、あのメッセージ自体、追い詰められた未和の妄想に過ぎなかったのか。

真実を知りたい。……知りたくない。

でも知らなければ、ならない。

いくら考えても、最後にはそちらに気持ちが傾く。

「硝子ちゃん、お車が来たさかい、行きましょう」

大家さんに声をかけられ、硝子は我に返る。

未和の棺を載せた葬儀社の車が到着したようだ。棺を預ける霊安室の手続きは大家さんが済ませていたので、面会のための部屋に直接向かう。

首吊りは遺体の中でも凄惨な部類に入る。特に未和の場合は、屋外にひと月ほど放置されていたため、腐敗も進んでいた。原型はとどめていないと考えたほうがいい。大家さんのあとについて、面会室に入った硝子は中央に鎮座する棺に目を細める。棺の窓は閉まっていて、未和の姿はわからなかった。

「未和ちゃん……こないな姿になってしもうて」

短く呻いた大家さんが目元をハンカチで押さえる。切れ切れに嗚咽を漏らし始めた大家さんの肩に、硝子はそっと手を添えた。

面会室では読経や焼香ができない。それでもふたりで棺に手を合わせると、大家さんは深く息を吐き出した。

「あの子、毎朝挨拶してくれはるええ子でなあ。未だに信じられへん。何かの間違いとちゃうって」

「……わたしもです」

大家さんの肩に手をあてたまま、言葉少なに硝子はうなずいた。未和が自ら命を絶つなんて、信じられない。同じことを大家さんが思ってくれたことに少しだけ救われた気持ちになる。

あすの火葬の前に大家さんは一度自宅に戻るという。「硝子ちゃんは?」と尋ねられ、

集英社 〒101-8050 東京都千代田区一ツ橋2-5-10 ※表示価格は本体価格です。別途、消費税が加算されます。

コバルト文庫新刊案内

1月刊 好評発売中

cobalt.shueisha.co.jp　@suchan_cobalt

愛され女王の私Yoeeee！小説第2弾

うちの殿下陛下は非力なくせに健気なからかい甲斐のある素晴らしい女性《ひと》です

最弱女王の奮戦

Fuyu Akito
秋杜フユ
イラスト／明咲トウル
本体600円

恵まれた容姿や優秀な頭脳、屈強な肉体を持つ、人と似て非なる種族・亜種の国ルーベルにおいて、人間並みの力しか持たないその脆弱さゆえに国民から愛される女王セラフィーナ。ある時、女王に対して事実を捻じ曲げた悪意ある記事ばかりを掲載する地方新聞の存在を知り、未来の夫候補たちとともに直接抗議に向かった女王だが…？

うちの殿下は見事な脆弱さと驚きのどんくささを持つ素晴らしい女性《ひと》です
最弱王女の奮闘
好評発売中 本体590円【電子書籍版も配信中】

シリーズ第1弾 好評発売中

規格外ヒロインのW求婚コメディ♥

ガラスの靴はいりません!

シンデレラの娘と白・黒王子

Ayami Sehira
せひらあやみ

イラスト/加々見絵里　本体640円

千年王国では、二十歳を過ぎれば嫁き遅れ。かつては「比類なき一粒真珠」と称えられたクリスも今やぽっちゃり上等な三十路となり、色恋とは無縁の放蕩生活を謳歌していた。ところがある日、女子の憧れを二分する双子の王子から、なぜか同時に求婚されてしまう。しかしクリスは「自由な暮らしが終わっちゃう!」とこれを拒否!　逃亡するのだが!?

電子オリジナル作品

※タイトル・ラインナップは変更になる場合があります。

2019年1月25日配信開始予定!

錬金術師はヴァルプルギスの夜に集う ～お菓子の家と魔女の塗り薬～	一原みう	イラスト/凪かすみ

2019年2月22日配信開始予定!

ガラスの靴たたき割ります! シンデレラの娘と麗しき侍女(♂)	せひらあやみ	イラスト/加々見絵里
くれない姫は暴虐の王と絆を紡ぐ	奥乃桜子	イラスト/沖之ガク

「もう少し未和のそばにいます」と用意していた答えを返す。遺体の引き取りを申し出たのが大家さんでよかった。仮に職場の縁故で課長がやっていたら、もしかしたら硝子の意図を見抜いてしまったかもしれない。

「何かあったら、携帯に連絡してな。ずっと電源入れとくさかい、遠慮《えんりょ》はいらん」

「ありがとうございます。今日はゆっくりお休みになってください」

疲労が滲《にじ》んだ様子の大家さんを外まで見送り、硝子は斎場のエントランスに戻った。時間はもう六時過ぎだ。自販機でアイスティーを買い、人気のないエントランスを眺めながら口をつける。未和が残したL－pxは鞄の中にあった。

警察に戻すか、あきに渡すか、捨てるか……。

おそらく未和も考えてはいたが、決して口にはしなかった選択。

硝子は未和の夢視をする気でいる。そのために、今日の搬送に立ち会い、未和とふたりきりになる機会を作ったのだ。医師の立ち会いなく夢視をするのは初めてだが、やるしかない。

「ぜんぶ終わったら、辞表もんやな」

ふふ、と咽喉《のど》を鳴らして、硝子は紙コップを置く。

怖くないと言ったら嘘になる。

夢視に入る前はいつも怖い。まして友人の死の直前の記憶なんて、まともな精神なら絶対に見たくない。もしもあの子が凄惨な殺され方をしていたら。苦しみながら死んでいったのだとしたら。硝子の心はそれに耐えられるだろうか。

脳裏《のうり》にいつか見たナイトメアの一部がよぎった。

廃校舎の雑木林にぶら下がる女の遺体。どろどろに溶けた未和の顔、身体《からだ》……。吐き気が襲ってきて、硝子は口元を押さえた。やめてしまいたい、という思いが身体の内側からこみ上げる。本当は見ないで済ませたい。硝子が記憶をのぞくことを未和が望んでいるとも限らない。こんなことを無理やりやって、事態は悪いほうに転がるだけかもしれないのに。

「……なんてな。もうさんざん考えたわ」

考えて、考えて、それでも目の前にある可能性を諦めることができなかった。自分が取るべき行動の答えはもう出ている。

空にした紙コップを捨て、硝子は息を吐き出す。面会室に戻ると、物言わぬ白木の棺の前に立ち、もう一度手を合わせた。しばらく黙祷したあと棺の蓋を外す。

「こんな、死に化粧《げしょう》もできひん姿になってしもうてなあ……」

目を伏せて、額をそっと擦る。L－pxはさっきアイスティーと一緒に飲んでいた。正確にはＬ－pxか未承認薬か、未和の言だと半々の確率ではあるけれど、夢視ができるのならもうどちらでもいい。しばらくそうしていると、眼裏《まなうら》にゆっくりと金色のひかりが広がり始める。夢の中に沈んでいく。蝶の鱗粉のように舞い始めた金の粒子を夢うつつに追いながら、硝子は意識を手放した。


ヒュッ、と何かが擦れる音が耳元からして、ロープが咽喉に食いこむ。

苦しい、と思ったのは一瞬だった。首が絞《し》まり、激しい耳鳴りがしてくる。身体が自分のものじゃないみたいに重い。瞬きを繰り返すうちに次第に視界が白く濁り、意識が朦朧《もうろう》としてきた。……ああ、わたしわたし。

(今、殺されそうになってる)

信じていた男に。

(吊るされて)

今にも途切れそうになる意識をたぐり寄せ、記憶をたどる。いったいどうしてこんなことになったのだろう。誰がわたしを殺そうとしているのだろう。

『……さん』

喘ぎながら吐き出した自分の声で、直前の記憶が蘇《よみがえ》ってきた。

七月二日夜、亀岡駅。わたしはひとりの男と待ち合わせをしていた。

二階建ての駅舎の階段を下りて駅前広場に出ると、空車のタクシーを探す。つかまえた運転手に目的地を告げようとしたところで、スマホに男から連絡が入った。どうやら駅まで迎えに来てくれたようだ。黒のワンボックスカーが後ろからクラクションを鳴らしたので、ああ、と口元を綻《ほころ》ばせて手を振った。

『わざわざ迎えに来てくれはったの？　おおきに』

助手席に乗りこんで、シートベルトを引く。

府道を北上するにつれ、車窓を流れる景色が亀岡の街並みから郊外の暗がりに変わっていく。途中のコンビニで車を止め、彼はわたしを車内に残して外に出た。コンビニに入る彼の背を見送り、膝に置いたショルダーバッグからスマホを取り出す。着信履歴に見知った名前を見つけて、つい苦笑してしまった。あきだ。最近、連絡が途切れがちだったから、心配して電話をかけてきたのかもしれない。

最後に彼と会ったのは祇園祭《ぎおんまつり》が始まる少し前だった。いつもの喫茶店で、対面に座った彼にわたしは自分の考えを打ち明けた。

『――さんに、わたしはちゃんと聞いてみたい』

『大丈夫、うまくやる。あなたたちに迷惑はかけない』

この半年、わたしのよき相談相手だった男も、このときばかりはうなずいてはくれなかった。考え直したほうがいいと引き止められる。頬《ほお》を歪め、めずらしく感情を滲ませる彼に、わたしは微笑《ほほえ》んだ。手元のマドラーを無為に回して、『……あんた、やさしいひとやね、あき』と呟《つぶや》く。普段、ほとんど自分については語らない彼の芯に少しだけ触れた気がしたからだ。

電話はかけずに着信履歴を閉じ、代わりにアドレス帳から別の宛先を選ぶ。決めていた女に、決めていたメッセージを打ち込んだ。

『ナイトメアはもう見ない』

送信ボタンを押したところで、男がコンビニ袋を提げて戻ってきた。「メールか」と尋ねた彼に、「友だちにな」とだけ返す。彼がコンソールボックスに置いたコンビニ袋には、ワンカップ酒と線香、二本のペットボトルが入っていた。

死んだ笹川所長を弔いたい。そう理由をつけて、わたしは彼を呼び出した。L－pxのことで話があると、それとなく、けれど意図は伝わるように言い添える。どこまで察したのかはわからないが、彼はすぐにわたしと会うための時間を作ってくれた。

ササガワ研究所のあった空き地に着くと、車から降りてワンカップ酒を開ける。そばに線香を立て、並んで手を合わせた。付近の道路は車の通りがほとんどなく、近くの田んぼから蛙の鳴き声がしている。夏の夜らしいのどかな情景だった。

『――さん』

ショルダーバッグのベルトを握り、意を決して口を開く。緊張で手に汗が滲んだ。

『わたし、すべて知ってるんやで』

『すべて？』

『研究所がしてはること』

隣に立つ男は、すぐには返事をしなかった。街灯もろくにない暗闇が広がっているせいで、彼の顔はよく見えない。いったい彼が何を考えているのか、わたしにはわからなかった。

（……でも、わたしにはわかる）

ゆるゆると未和の中に沈んでいた硝子の意識が目を覚ます。

普段の夢視ではありえないことだった。夢視の途中で自我を取り戻すなんて。

未和の目を通して、隣に立つ男を見上げる。男が向ける眼差《まなざ》しの冷たさに、息が止まった。ああ、やっぱり。そう思ってしまう。もっと手酷く裏切られたような気持ちになるかと思ったのに、ああやっぱり、やっぱりそうだったのだと、あるべきものがすとんと胸に落ちるように理解できてしまった。ほかでもないそのことに打ちのめされる。

（やめて、未和）

硝子は小さく首を振る。

（はやく離れて）

その男は。今は静かに話を聞いているだけのその男は。

数分後にはあなたを裏切る。

「未和、はよう逃げて！」

考えるよりも前に身体が動いてしまった。未和の身体を自分の意思で動かそうとする。とたん、視界が二重にぶれるような違和感が生じた。

「ひっ……！」

何かの電源が落とされたみたいに唐突《とうとつ》に目の前がブラックアウトする。ササガワ研究所跡地の草原も、男の姿も、目の前にあったものはすべてかき消え、硝子は何もない暗闇に放り出されていた。

ヒュッ、と何かが擦れる音が耳元からして、ロープが咽喉に食いこむ。苦しい、と思ったのは一瞬だった。首が絞まり、激しい耳鳴りがしてくる。身体が自分のものじゃないみたいに重い。瞬きを繰り返すうちに次第に視界が白く濁り、意識が朦朧としてきた。……ああ、わたし。

(今、殺されそになってる)

信じていた男に。

(吊るされて)

生理的なものなのか、別のものなのかわからない涙が頬を伝った。かなしくて、悔しくて、悔しくてたまらない。この感情は未和のものだろうか。それとも硝子の。抗おうとした腕はぴくりとも動かず、助けを呼ぶ声を発することすらできない。大きく喘ぐうちに痙《けい》攣《れん》が襲ってきた。

今、かたわらにいる男はいったいどんな顔で、死にゆくわたしを見守っているのだろう。せめてその顔に引っかき傷のひとつくらいつけてやりたかった。そうしたら、削り取った皮膚片からあんたを追い詰めて絶対に捕まえてやるのに。できない。

(くやしい)

どろどろと身体から涙じゃないものが溢《あふ》れた。

(くやしい)

(あんたに届かない……!)

そのとき、硝子の足元でスマホのアラームが鳴った。

慄然と硝子は我に返る。アラームは夢の終わりを知らせるために硝子自身がセットしておいたものだ。あかん、と思う。今目を覚まさなければ、この夢に囚われたまま現実に戻れなくなってしまう。

息を喘がせながら、鉛のように重い身体を何とか動かそうとする。呼吸音と耳鳴りがうるさい。震える手をアラームが聞こえる方向に伸ばすと、指先がプラスチックケースの角に触れた。ともしたら消えてなくなりそうなそれをひと息に引き寄せる——……。


「大丈夫ですか！」


急に強い力に引き起こされ、硝子は瞬きをする。

「いっ……」

視界に割り込んできた見知らぬ男に、恐怖で身がすくむ。殺される、と思った。またロープで吊るされて、助けを呼びたいのに声を出すことすらできず、ケヤキの下で縊《い》死《し》する。

弱々しい悲鳴を上げてあとずさると、背中が棺《ひつぎ》の側面にぶつかった。その衝撃で我に返る。

（ちがう、ここは）

亀岡駅でも、東山の廃校舎の裏山でもない。

自分の首にロープは巻かれていないし、それを吊り下げる男もいない。

（ちがう、わたしは）

荒く息を吐き、未だに引き攣《つ》れた痛みを残す首筋をさする。足元ではスマホのアラームが鳴り続けている。それを無意識のうちに止めようとしてへたりこんだ。

「大丈夫ですか？」

硝子の前にかがんだ警備服の男が繰り返す。服装から想像するに、斎場の警備員のようだ。すぐには声を出すことができず、硝子は小さく顎《あご》を引いた。

「ご遺体が……。ご覧になったんですか」

開いた棺に目を留め、警備員が尋ねた。

「その……お別れしよう思て」

苦し紛《まぎ》れの嘘を吐き、硝子はバッグからハンカチを取り出す。全身にぐっしょり汗をかいていた。警備員には、硝子が遺体の惨状《さんじょう》を目の当たりにして気分を悪くしたように見えているのだろう。棺を戻すと、「医務室に行きますか」と腰を浮かせた。

「少し休んでいたら、よくなると思います。すいません。保冷剤とか、ありますやろか」

「事務所の冷蔵庫に確か。とりあえずソファのほうに……動けますか」

警備員に肩を貸してもらって、外のソファに何とか腰を落ち着ける。差し出されたタオルを首に当て、硝子は保冷剤を探しに行ってくれたらしい警備員に頭を下げた。心臓がどくどくと打ち鳴っている。首のあたりの痺れはまだ消えなかった。急に何かが決壊しそうになってしまって、硝子はソファの上で膝を引き寄せる。

（大丈夫……）

いつもと同じ言葉を繰り返そうとして、咽喉を鳴らした。

「大丈夫やないわ……なにも……」

こめかみを揉《も》んで、まだ散らかったままの未和の記憶をひとつずつ整理していく。死んだ夜のこと。そのとき隣にいた男のこと。最後に話した内容。それから、あき。脳裏《のうり》に蘇《よみがえ》った男の顔に、こめかみがずきずきと痛んでくる。深く息を吐き出して、硝子は膝に顔をうずめた。

＊

未和の通夜から告別式までを見届けて、硝子は出町柳に帰ってきた。香典返しの紙袋を提げて、鴨川に架かった大橋を渡る。日中は飛び石で遊ぶ子どもたちの声が弾ける鴨川デルタも、この時間はひっそりと静まり返って、水の流れる音だけがしている。

光と闇の陰影の濃い街。この古都をそうたとえるひとがいる。表がきらびやかであるぶん、足元に横たわる暗闇に時折、足をとられる気分になるのだ。車の行き交う橋上から川を眺めるとき、硝子はいつもひときわ夜の深さを感じた。

硝子のアパートは橋のたもと沿いの道にあるが、今日はそのまま住宅街を少し歩く。目当ての定食屋はほどなく見えてきた。ちょうど店の外に出ていたマスターが暖簾《のれん》をしまおうとしている。

「しょこちゃん?」

先に声をかけたのはマスターのほうだった。玄関灯が届かない暗がりで足を止め、硝子は慎重に口を開く。

「やまだ……まだやってはる?」

「お客さん来ぃひんし、閉めよう思っとったけど、ええで。まだ十時やし」

しまいかけた暖簾をかけ直し、マスターは店のガラス戸を開く。そこに貼り紙がしてあるのを見つけて、硝子は眉《まゆ》をひそめた。

「マスター。やまだ、お休みするん?」

貼り紙には、あしたから二週間ほど休みます、とマスターの丸っこい字で書いてある。これまでも仕入れやお盆で休むことはあったが、二週間という長さは硝子が覚えている限りない。中で手を洗っていたマスターが「せやなあ」と軽い口調で返した。

「遅めのお盆休みやわ。おとうさんの命日も近いし」

「おかあさんは？」

「ひと足先に実家に帰っとる」

つまり、今日この店にはマスターしかいない。ふうん、と気のない返事をして、硝子はいつもの席に座り、香典返しの紙袋を足元に置いた。明かりの下で、はじめて硝子が喪服を着ていることに気付いたらしい。「葬式か」とマスターが尋ねた。

「未和のな……。きのう通夜で、今日告別式やってん」

「そか。若いのにな」

硝子はめずらしくカウンター席に置いてあるメニュー表をめくる。いつもなら、入るなり開口一番、好きな定食を頼んでいるところだ。マスターがほうじ茶とお手拭きを持ってきた。

「ほな、しょこちゃんスペシャル・ツーで」

結局メニュー表に並んだどの定食でもないものを口にする。マスターは瞬きをしてから、「はいよ」と微笑《ほほえ》んだ。洗った夏野菜をまな板の上で手際《てぎわ》よく切っていく。硝子はテーブルに頬杖《ほおづえ》をついて、それを眺めた。マスターの包丁さばきはいつだって魔法みたいに美しい。使い古したフライパンで炒めたごはんに塩コショウでぱぱっと味付けすると、ケチャップライスができあがる。汚れたフライパンの代わりに、マスターが新しいフライパンを出した。

「なあ、マスターのおとうさんが亡くなったのっていつやっけ」

「もう十年くらい経つなあ。俺が学生の頃やってん」

「マスターって、おとうさんとおかあさんの本当の子？」

卵を溶いていた手をマスターが止める。

「今日はえらい、俺のこと聞かはるなあ」

「今まで聞いたことなかったなあ思うて」

「血はつながってへんよ。ここ来る前は亀岡の施設にいた、十六まで」

かつっと音を立てて、マスターが卵を溶いていた菜箸《さいばし》を置く。マスターの横顔はいつもと変わらなかったけれど、その答えを聞いたとき、硝子はひとつの確信を得た。彼は気付いている。硝子が何を視てこの場所に来たのか。そして待っている。硝子が発するこの先の問いを。

そか、と呟《つぶや》いて、頼んだノンアルコールの冷酒に口をつける。

店内を何気なく見回すと、鴨居《かもい》にかけられたさして大きくもない書が目に入る。先代が好きだった一字なのだと前にマスターが言っていた。

——空。

「なんや、最初から答えはここにあったんやな……」

咽喉《のど》を鳴らして、硝子は猪口をテーブルに置いた。

「空《あき》」

フライパンに投入された卵液があぶくを立てる。あきはさして驚いた顔もせず、菜箸を使って卵をかきまぜ、作っておいたケチャップライスにそれを載せた。あとはおあげさんとわかめの味噌汁。切った梨を盛り付けたガラス器。

「ほな、どぉぞ」

食器や小鉢《こばち》が並んだ木のプレートを硝子の前に置く。家のおかあさんみたいな、いつものマスターのごはんだった。考えがうかがえないあきの目をしばし見つめ、硝子は箸を取った。

「毒入れとるわけやないやろな」

「そう思うなら、捨ててもええで。そんなばちあたりなこと、せえへんけど」

あきはカウンターに腕を載せて、苦笑した。それは硝子の知っているマスターの表情ではなく、むしろ夢の中のあきの印象に近いものだった。昼と夜。明と暗。見えなかった半分の顔が硝子の前に現れる。

「だって、その様子だと視たんやろ。未和の記憶」

油で汚れたフライパンを流しに置いて、あきはエプロンを脱ぐ。

その切り返しに今度こそとどめを刺された気がして、硝子は口をつぐむ。ここに来るまで何度も想像していたやり取り。けれど、どこかでまだ信じたくはなくて、抱き続けていた微《かす》かな希望も今砕《くだ》かれてしまった。

硝子は未和の夢視で、ふたつの記憶を視た。

ひとつは犯人にまつわるもの。未和が殺される直前の記憶だ。

そして、もうひとつがあきの記憶。

喫茶店で未和の対面に座った男は硝子がよく知るひとだった。信じられない、という気持ちがこみ上げる。よく似た他人か血縁者か。けれど、あきが天涯孤独の身の上であるのを硝子は知っていたし、何より、未和の記憶の中の男の表情や声の抑揚《よくよう》、ちょっとした仕草が自分のよく知る男であると告げていた。

澤井空は生きていた。

自分のすぐそばで、他人のふりをして。

生きていた。硝子が顔を忘れてしまった少年は。


「……否定せんのね」

「あんたはこの十五年何してはったの？」

震えそうになる手を組み合わせ、硝子は顔を上げた。

「話して。ぜんぶ」

「……ええけど。時間かかるで」

「ほいなら、暖簾下ろせば。どうせ客なんてもう来ぃひんし」

よう言うなあ、と呆《あき》れた声を出して、あきは本当に店の暖簾をしまった。ついでに玄関灯を消して、外に立てかけていた黒板も中に入れる。それから、椅子《いす》をひとつ引いて硝子の隣に座った。カウンター越しではなく、初めて硝子の隣に。

「何から聞きたい？」

空の猪口が差し出されたので、硝子はしぶしぶ冷酒を注ぐ。

この腕が、未和を失って弱っていた硝子を抱き締めてくれた。ほんの少し前の出来事なのに、あのとき感じたいとしさが今は遠いもののように思える。押し潰されていく心に蓋をして、硝子は酒器を置いた。

「十五年前の放火事件のあと、あんたに何があったのか」

「そこから聞くか……」

苦笑気味に呟いて、あきは前を見た。

「夢視は二度としない。そう決めたから、研究所を離れた。誰に強要されたわけでもない、俺自身の意志や。あの頃俺は有名になりすぎていたし、夢視をやめる気なら、完全に姿を消さなあかん思て」

「そやけど、どうして」

「当時俺が解決した事件、硝子は覚えてはる?」

「確かぜんぶで十七……最後は宝石店強盗事件やったか」

事件の概要は、鳥彦から借りたファイルに記されていた。連続婦女暴行事件を皮切りにわずか九か月の間に十七の事件を解決。硝子たち捜査官がする夢視の平均は年十件程度。異常なペースだと驚いたからよく覚えていた。

「ちゃうよ、ぜんぶで十八。最後はササガワ研究所放火事件」

さらりと続けられた言葉に、硝子は耳を疑う。

「そやかて、あんた……」

あきの足取りを追っていたときに、硝子は放火事件の調書にも目を通していた。といっても、ニュースに出ていた以上のめぼしい情報はなく、もちろんあきの夢視をほのめかす記述もなかった。

「放火があったあの夜、俺は現場に残されていたもんを片っ端から視ていった。そのときの俺にとっては当然のことやった。自分の家を燃やされて、そうですか、なんて思えへん」

――あき。あきー、どこにおるん？

焼け落ちた研究所で、あきを探していた小さな自分を思い出す。あのとき、やはりあきは硝子のそばにはいなかったのだ。逃げてきたときは一緒にいたはずなのに、と首を振る大人たちの顔がよぎった。あきはひとり現場に戻って、焼け残った遺留物《いりゅうぶつ》を探していた。夢視をするためだ。

「三日三晩かけて、放火に関わった五人の男を突き止めた。夢視捜査反対派の連中で、中には俺が解決した事件の加害者家族もおった。動機は俺への怨恨やて。犯行手口だけやのうて、そのときの心理状態や家族構成や……俺が視すぎたせいで家族がめちゃくちゃにされたって、逮捕後に言うてはったらしい」

その部分は調書にも書いてあったから、硝子も知っている。五人のうちふたりが加害者家族にあたり、あきや研究所に対する怨恨を動機として口にしていた。逆恨みだと硝子は思ったが、まだ特殊捜査官制度がなかった時代に、次々凶悪事件を解決していくあきの存在は特異だった。感謝と同じくらい恨みや憎しみも買っていた。

「あんたは、自分が視たものを警察に言うたの？」

「言うたよ」

あっさりあきはうなずいた。

「俺が挙げた五人を警察が調べ直して、動機だけやのうて、放火に使った灯油の購入記録や五人のつながり、事件前後の目撃証言。次々証拠が出てきた」

「一か月て早さで犯人逮捕に踏み切れたのは何でやろて、ずっと不思議やったの。裏であんたが夢視しとったちゅうわけか」

「けど、そのとき、ひとつだけ警察に伝えへんことがあった。視えたけど伝えへんかったもんがひとつだけ」

酒器を手の中で回して、あきは薄く笑った。彼は緩《ゆる》やかに口を閉じたが、硝子にはひとつ思い当たるものがあった。さっき、三日三晩夢視をしたと言った。あきの能力は物からの記憶の読み取りと予知。それなのに、予知の話がまだひとつも出てきていない。

「誰の未来を……視たの？」

尋ねた硝子に、あきは少し意外そうな顔をする。

「刑事さんは何でもお見通しやんなあ」

「茶化さんといて。あんたはもしかして犯人の——」

「そう。俺に視えたのは、交差点を突っ切る男の姿とそこに飛び込んでくる大型トラック。

交差点名も男の顔もはっきり視えてた。名前は吉野巧《よしのたくみ》。犯行グループのひとりや」

　放火事件で容疑者として挙がったのは五人。四人が逮捕され、残るひとりは警察の追跡中に逃亡し、事故死した。その男こそが吉野巧だ。

「その日、交差点に飛び出してくる吉野を俺は現場で見てた。夢に視たとおり、トラックに轢《ひ》かれて即死やったわ。身体《からだ》もぺしゃんこになってしもうて、悲惨さでいうなら笹川せんせとどっこいどっこいやってん。憐《あわ》れなもんやね」

「そやけど、あんたなんで……?」

　そやな、と考えをめぐらせるようにあきは沈黙する。会話が途切れると、店の壁掛け時計の音が急に大きくなった。秒針が一周して長針が振れる。あきの目はここではないどこか遠くを見ている。

「天秤のようなものがある。夢視をするとき、ぶれたらあかん天秤。俺は絶対に揺らがないと思っとった。そういうんは、人並みに感じる心があるさけ揺らぐもんやて。あの頃の俺には家族も友人も、立場も名誉も、守らなあかんもんはなぁんもあらへん。そやから、足を取られることはないいて。……思い上がりやったわ。簡単に、揺らぐ。報復に報復をした。吉野の死体を見るまで、自分が何しでかしたのかもわからへんかった」

　吉野巧はともしたら事故に遭わずに済んだのかもしれない。

あきには男の運命が視えていた。視えていて沈黙した。そこにどこまでの悪意があったのかはわからないけれど、少なくとも彼は研究所を焼き払った男を救おうとはしなかった。報復をした。視たものに目を瞑《つむ》るという方法で。

「裁く法はあらへんけど、殺人やて。そう思わへん？」

「それは……」

中途半端に途切れたまま、次の言葉が出てこない。否定も肯定もできない。同じ立場に立たされたとき、自分が正しい答えを選べるのかもよくわからなかった。

「吉野の死を最後に、俺は夢視をやめた。ほいで姿も消したから、警察の調書には載せなかったのかもしれへんな」

「……やめたのは吉野巧への贖罪？」

「贖罪」

あきは苦笑した。それを実際に言葉にしたときの薄っぺらさに呆れたのかもしれない。

「そないまともな理由やないわ。ただ、わからなくなってしもうたん。この先も、繰り返し問われる。夢視したもんをどう扱うのか。それを決める俺の物差しに歪みはないのか。……もう、できひんて」

いつの間にか空になっていた猪口をカウンターに置いて、あきは小さく息をつく。

「そやから俺は研究所を離れた。これが十五年前」

「そして、世間はあんたのことを忘れていった」

「俺に山田のおかあさんとおとうさんを引き合わせてくれたのは、昔ササガワ研究所に勤めていた傘井て研究者や。俺は『澤井空』の名を捨てて、『山田空』として生きていくことになった。正式には養子の手続きは取ってないねんけど」

「戸籍見たわ。あんたの本籍地も現住所も『ひなたのいえ』やもんな」

　彼が育った児童養護施設の名前を挙げると、「ああ、そうなってしまうんか」とあきは首を傾げる。

「あんた今、住所不定状態で、罰金対象やで」

「そうなん？　なんや追及されたら面倒やなあ思てたうちに、手続きするの忘れてたわ……。調理師免許も、もとの住民票で取れてしまったし」

「お役所て、ほんまザルやな」

　といっても、「ひなたのいえ」は三年前まで存在していたので、架空の住所地だったわけではない。仮にあきがきちんと転居届を提出していれば、硝子が警察のデータベースで検索をかけた時点で山田家の住所がヒットしたはずだ。

　山田夫妻に引き取られたあと、しばらくはあきにとって静かな日々が続いた。その間も世間では、ササガワ研究所の後継機関の設立、特殊捜査官の試験導入といった出来事がめまぐるしく起こった。活躍する捜査官たちが気にかかりはしたが、自分には関係のないことだと割り切って傍観に徹していた。山田のおとうさんが急死して、継いだ店を切り盛りするほうで手一杯になっていたこともある。およそ十五年。すっかり夢視から遠ざかっていたあきが、再び夢視と関わるきっかけになったのが未和だった。

「未和の記憶の中であんたを視た。岡崎のクリニックにもあんた付き添っていたでしょう」

「ああ、一度な。具合悪そうな女を見かけて声かけたら、未和やってん。視たなら、未和のあたりは説明しないでええか」

「待って。未和から相談を受けたあんたが連絡を取った医者て誰?」

「傘井先生や。あとは傘井先生と一緒に研究を続けていた、旧ササガワ研究所の研究者が数名。みんな後継機関には加わらなかったひとたちやな」

五人の氏名をあきは挙げたが、どれも硝子には聞き覚えのないものだった。それからふと何のためらいもなく内情を明かす男に疑念が湧く。

「……そんなことまで言うていいの、わたしに」

「硝子がそれで傘井先生を陥れるとは思わへんし、第一、証拠もない」

警察組織に属する硝子に、あきが全面的な信頼を置いているようには思えないから、本心は後者だろう。ふうんと目を眇めた硝子に、「話を続けるな」とあきが言った。

研究者の間では、L－pxの耐性について懸念《けねん》の声が上がっていた。そこからは未和が話していたとおりの内容だった。未承認薬の投与が研究所の指示のもと、行われているのではないか。考えた彼らはその真否を問うために行動を起こす。

「何度か、研究メンバーが国に夢視のリスクについて調査せえいう提言書を出したんよ。L－pxの耐性に関する資料もつけてな。ただ、夢視捜査には法務省や政治家も絡んでいる。亀岡研究所の調査データでは薬効に問題はないて言って、取り合ってもらえへん。L－pxの成分分析をしようという話になったのはそのためや」

「そして未和が府警のL－pxを盗み出した」

「ぜんぶで七本。怪しまれへんように時間を置いてな」

府警で把握《はあく》していたL－pxの紛失は八本。この中には硝子に託された一本も含まれるから数は合う。

「持ち出したすべてからL－pxと異なる値が検出されたわけやない。当たりは二本。未和の撮影した写真を見ると、ラベルの端に赤いマーカーがつけてあったから、それで見分けてたんやろな」

「つまり、警察医も絡んでいる」

「L－pxを投与できるんは、立ち会う医師だけなんやろ？　それ以外に方法はない」

未和も言っていたはずだ。夢視捜査のために配置された医師は、研究所から派遣されている職員がほとんど。研究所の指示を実際にこなしていたのは警察医たちだ。植村たちの顔が脳裏《のうり》に浮かび、硝子は嘆息した。気安いひとやと思っていたのに、それも光にあたった顔の半分でしかなかった。

そういえば、と別のことを思い出して、硝子は尋ねる。

「あんた鳥彦さんが参加する学会にもおったな。同じホテルでやってる結婚式やて言うてはったけど、本当は違ったんやろ？」

「あれはな、特殊捜査官推進派の連中を確認しとこ思てこっそり行ったねんけど、硝子がおってびびったわ」

そういうわりには、鉢合わせしたときのあきはまったく落ち着いていたように思う。マスターも似合わないスーツ着てはるなあ、なんてのんきに思っていた自分が馬鹿みたいだ。

「議員に法務省の官僚に大学の先生にってなかなか多彩なメンバーやったな」

「でも、鳥彦さんはあんたの顔を……」

言いかけて、以前鳥彦に訊いたとき、あきとは面識がないと話していたことを思い出す。

あきをはじめとした子どもたちの資料は、十五年前の火災でほとんど焼失してしまったため、わかる人間もいなかったのだろう。そもそも、当時十六歳の少年だったあきは今は三十一歳。印象もだいぶ変わってしまっている。仮にあきのことを覚えている人間がいたとしても容易には結びつかない。

「これで俺の話はおしまい。どないしますか、刑事さん？」

肩をすくめて、あきが尋ねる。

そやな、とうなずき、硝子は目を伏せる。そして、おもむろに男の襟《えり》をつかんだ。

「ひとつ教えて」

襟をつかみ上げても、あきは抗わない。無表情が張りついたその顔を硝子は冷ややかに見上げた。

「どんな気分やった？」

「……何がや」

「あんたのこと知らないで、わたしが泣いたり笑ったり騒がしいの見て、どんな気分やった。馬鹿にしてたんか。なあ？」

腹に力を入れて怒声を絞《しぼ》り出す。そうでなければ、心が砕《くだ》けてしまいそうだった。

だって、いなくなってしまった。

いなくなってしまったのだ、硝子がこの世界の善意そのものみたいに信じていたひとは。暖簾《のれん》をくぐると、いつも明るくかけられた声。気の利《き》いたことは何ひとつ言わないけれど、いつだって硝子の話に真摯《しんし》に耳を傾けてくれる。笑った顔がかわいらしくて、そしていつもとびきりおいしいごはんを作ってくれるマスター。

そんな男はどこにもいなかった。すべて目の前の男が作り出した虚像だ。……あぁ、本当にしょうもない。なんてしょうもない結末なんだろう。硝子は虚像にずっと恋をしていた。

「なあ！　なんとか答えいよ！」

沈黙したままの男の襟を力任せに締め上げて、硝子はなじった。

「この卑怯者……っ！」

声が乱れて嗚咽がこぼれそうになる。硝子は唇を噛《か》んだ。泣いてしまうなんて、ゆるせなかった。傷ついていると認めることはできない。なけなしのプライドがそうさせなかった。襟をつかむ力が緩《ゆる》んだはずみに、あきの手が硝子の手首に添えられる。

「俺のことはどう思ってもええけど――」

息をつき、あきは硝子の手を襟から外した。

「視たんやろ、未和の最期の記憶。そして犯人も」

光の加減か、茶がかった眸《ひとみ》が硝子を映している。透明なひかりの中に憐憫《れんびん》のような、いたわりのような何かが揺らめいた気がした。この男は硝子が隠した傷を見通している。そんな錯覚に囚われた。……気のせいかもしれない。たとえ、多くのことを察していたとしても、それでただ相手を憐れむような男なら、こんな状況にはならなかったはずだ。

「俺と取引、しにきたんやろ」

外した硝子の手首をつかんだまま、あきは言った。その口元に薄く笑みが乗る。

「俺なら、硝子の力になれるかもしれへんで」

「誰があんたなんか……」

そう言い切れてしまえたらどんなによかっただろう。

あきの言うとおり、硝子はただ彼の昔話を聞きにここに来たわけじゃない。未和を殺害した犯人を追い詰めるために、あきたち研究者グループの持つ情報が必要だと考えたから、一番手近なこの男に接触した。その目的を見誤るわけにはいかない。

あきの手を振り払い、硝子は口を開いた。

「あなたたちの情報が欲しい。L－pxの成分分析、もう出たんやろ」

「ええで。ただし、タダでは渡せない。硝子が何を視たかを教えたらな」

硝子が予想したとおりの条件をあきは出した。

「あんた、それを何に使う気なん」

息をひそめて、硝子は尋ねる。

「特殊捜査官制度を潰すつもり?」

「一介の定食屋にそない大それたことはできひんよ」

あきは軽く笑った。

「俺の目的は、研究所の不正を公表すること。それがあの子との……未和との約束やねん。もらった情報はそのためにしか使わへん」

「……あんたを信用できると?」

「せやなあ」

まったりとあきは苦笑した。硝子の疑念を解くだけの材料はほかに持っていないらしい。しばらく無言のまま視線の応酬《おうしゅう》を交わして、硝子はひとつ息を吐いた。

「今、手持ちの札が少ないんや。危ない橋でも渡らな」

それで硝子の意志は伝わったのだろう。「一緒に落ちないように気ぃつけるわ」と肩をすくめて、あきは空になった皿を片付け始める。

「しょこちゃんスペシャル・ツーってどのあたりがツーやったの」

「隠し味を変えたんや」

ただのオムライス定食に見えたそれは、硝子がはじめて定食やまだで作ってもらったものと同じメニューだった。そして、たぶん最後になるやまだの定食。下げられる皿を目で追い、「ごちそうさまでした」と呟《つぶや》く。

すべてが明らかになった以上、何も知らなかった頃のように無邪気にこの場所に通うことはできない。気のいいマスターと常連さんの関係にはもう戻れないのだ。胸で疼いた微かな痛みには気付かないふりをして、硝子は顔を上げた。

「わたしが視たものについて話すわ、あき」

五章　ナイトメアはもう見ない

硝子《しょうこ》が亀岡研究所を訪ねたのは、未和の葬式の五日後のことだった。

受付で鳥彦への取次を頼むと、ちょうど外出中らしい。硝子が鳥彦の娘であることは受付係も覚えていたようだ。数時間後に帰社予定だと教えてもらい、一度研究所を出た。呼び出したタクシーに、旧ササガワ研究所の住所を告げる。

「あんた、この間もここ来てはったひとやろ」

親しげに声をかけられ、ミラーに目をやると、前に旧ササガワ研究所まで運んでくれたタクシーの運転手だった。「あのときはおおきに」と硝子は苦笑する。日中で車の少ない道を、硝子を乗せたタクシーは徐々にスピードを上げながら走る。

「夢の中だけで会う方とは、会えましたか」

話好きらしい運転手はハンドルを切りながら尋ねた。鳥彦あてにメッセージを打っていた硝子は思わず手を止める。

「おじさん、なんでその話……」

「前に乗せたとき言うてはりましたよ。夢の中だけで会える男性がいると」

「言うたっけな、そんなこと」

そういえば、車中で気まぐれにそんな話をしたような気もする。あのときは本当にあきと再会するなんて思いもしなかった。せやなあ、とメッセージを打ち終えたスマホを置いて、硝子は窓の外へ視線を移す。

「現実は結構、しょっぱいもんやで」

「思っていたより不細工やったり？」

「そんなかんじや。思いも寄らない顔しとって幻滅したわ……」

「そやけど、よかったんやないですか。会えへんままでおるよりは」

「どうなんやろ。なぁんも知らんほうがよかったのかもしれへんなあ」

あきの正体に気付かないままであれば、硝子は今も無邪気に定食やまだに通っていただろう。今日も今日とて何十回目かになる告白をマスターにしていたかもしれない。あきは絶対にこたえなかっただろうけれど。あの尋常じゃない鈍さはたぶん作為だった。彼はひとの感情の機微に鋭い。硝子の気持ちをずっと察していて、こたえなかったのだ。

――いつかこうなると、わかっていたから。

胸にひりついた痛みが走って、硝子は目を伏せた。こたえないのは、あの男の冷たさなのか、やさしさなのか、よくわからなかった。

やがて旧ササガワ研究所の跡地に着いて、運転手が前と同じ場所に車を止める。山がちの亀岡は、京都市内よりも気温が低い。持ってきたショールを肩にかけ、曇天の下に漠々と広がる草地を見渡す。

途中の店で買った花束を供えようとすると、トルコキキョウを中心にまとめた花束が先に置かれているのを見つけた。研究所の関係者の誰かだろうか。花だけでは判別がつかなかったが、なんとなく置いたのはあきの気がした。定食やまだの玄関近くの植え込みにはトルコキキョウが咲いているので、そこから連想しただけかもしれないけれど。硝子も持ってきた花を置き、手を合わせる。

「おじさん、七月二日の夜てこのあたり通ってた?」

「七月ですか?　覚えてへんなあ。社に戻れば、わかると思いますけど。ただ、この場所に運んだのはお客さんがはじめてでしたよ」

「そか……」

七月二日の夜、未和は確かにこの場所にいた。ひと月後、東山の廃校舎の裏山で発見されるまでの間に、彼女の身に何が起きたのだろう。吹きさらしの空き地を見つめてしばらくたずんでいると、鞄《かばん》の中にしまっていたスマホが通知音を鳴らした。

『もうすぐ戻る。十分なら時間を作れる』

余計な装飾のないメールはいかにも鳥彦らしい。

了解、と短く返して、硝子はタクシーの運転手に亀岡研究所に引き返すよう頼んだ。車内で鳥彦とは別の相手に、今から研究所に向かう旨を連絡する。計画は予定どおりに、と伝えて、硝子はスマホをしまった。

受付でゲスト用のネームプレートが渡され、所長室に通される。外出していたというのは本当らしい。所長室のドアを開けると、鳥彦はデスクの前でよそ行きのネクタイを外していた。

「ごめんな。忙しいときにアポなしで」

「いや。最近、会議が多くてうんざりしてたんや」

「鳥彦さん、そういうの苦手そうやもんなあ。なんやまた動きがあるん？」

来客用のソファに座り、世間話を装《よそお》って尋ねる。まあな、と鳥彦は外したネクタイを抽《ひき》斗《だし》にしまってパソコンを立ち上げた。

「夢視《ゆめみ》研究学会に議員や法務省の連中が来てはったやろ。特殊捜査官の増員を検討《けんとう》しとんねん。早ければ、来年の国会で法案が通る」

「そういえば、議員先生も言うてはったわ。えらい急な話やね……」

「おまえらの仕事ぶりが認められたいうことや。加えて、夢視の手続きの簡素化も検討されている。今は許可証をその都度《つど》発行したり、医師の立ち会いやったり、何かと時間がかかるやろ」

「許可証なしで、夢視できるようになるかもしれへんてこと？」

「まあ、いずれはな」

先日の学会はやはり、政治上の駆け引きの場として機能していたらしい。そうなんや、とあのとき集まっていた面々を思い浮かべながら硝子はうなずく。ポットからふたりぶんのコーヒーを入れて、鳥彦は硝子の対面に座った。

「ほいで今日は何の用や」

「ああ、借りてた名簿を返そう思てな」

「そんなもん、郵送でええやろ」

「さすがにものがものやし、できひん。どうせ自宅待機で暇やねん」

少し笑って、硝子は持ってきた紙袋を鳥彦に差し出す。中身を確認する鳥彦にいつもと変わったところはない。

……この男が。

この男が、未和を殺害したとは思えないほど。

硝子は未和が死の直前に会っていた男を視た。それが鳥彦だった。

ふたりはあの夜、亀岡駅から鳥彦の運転で旧サガワ研究所跡地に向かった。ちょうどさっき硝子が立っていた場所で、未和は鳥彦に研究所の不正を糾弾《きゅうだん》したのだ。未和の記憶はそこで途切れているが、状況から考えれば、鳥彦かその協力者が未和を殺して東山に遺棄した可能性が極めて高い。

「鳥彦さん、未和の葬式には来ぉへんかったの？」

「外せない会議があったんや。弔電《ちょうでん》は打ったやろ」

「研究所時代の友だちもずいぶん来てはった。ちょっとした同窓会みたいやったわ」

マグカップを持つ手が知らず震えそうになり、硝子は両手を添えた。鳥彦にまだ硝子の意図を悟られてはならない。

「友だちのひとりが、鳥彦さんのこと東山で見たいうてたんやけど、ほんま？」

「東山？　いつや」

「七月やったかな。祇園祭《ぎおんまつり》が始まった頃」

未和の死亡推定日は七月二日夜から五日にかけて。これは鎌かけだ。鳥彦を東山で見たという友人など本当はいない。

特に動揺《どうよう》するそぶりもなく、鳥彦は肩をすくめた。

「見てのとおり、こっちで研究漬けの日々や。東山なんて行っとる暇もない」

「そう。わたしもおかしいと思っとったんよ」

それ以上の追及はせず、「そうや」と硝子は鞄からメモ帳を取り出す。

「鳥彦さんの仕事用の携帯番号、なくしてしもうたんやけど。いちおう教えといて。何かあったときに困んねん」

「私用の携帯番号があればええやろ」

「その携帯がほとんどつながらへんの、鳥彦さんは。しかも留守電機能もついてないし。すぐに連絡取りたいときに、研究所の代表電話にかけるのが面倒なんよ」

メモ帳を押し付けると、鳥彦は渋面をしつつ、胸元に挿していた万年筆のキャップを外す。硝子はさりげなく鞄の中に手を入れる。そしてあらかじめセットしておいた連絡先にコールをかけた。

「あっ、それとついでやし、メールも教えて」

「覚えてへんわ、そんなもん」

「携帯のプロフィール画面に書いてあるやろ」

鳥彦からスマホとペンを取り上げて、プロフィール画面を呼び出す。さなかに外からドアがノックされた。「なんや」と鳥彦が眉《まゆ》をひそめて声を返す。

「すいません、所長にお電話が入っておりまして……」

「電話なら折り返せ」

「杉浦さまの秘書を名乗られる方からなのですが」

杉浦の名前を聞いた鳥彦の顔色が変わる。学会にも来ていた特殊捜査官推進派の国会議員である。ええで、と硝子が囁《ささや》くと、「悪いな」と言って鳥彦がスマホを持って立ち上がった。

「向こうの部屋に回してくれ」

秘書に命じて、鳥彦は硝子のいる応接室と自室を仕切るドアを閉める。秘書の女性が電話をつなぐために出て行くのを見届けると、硝子は手にしていた万年筆のキャップを締め、ハンカチに包んだ。それを自分の鞄にしまってから、同じメーカー製のものを代わりにテーブルに転がす。同年代に製造されたアンティーク品は、形状も使い古された様子ももとのものと寸分たがわずに見える。側面に入ったサインも同じだった。

その後、何食わぬ顔で自分のスマホをいじっていると、またドアが開き、「なんやあれは」と鳥彦が不快そうに吐き捨てた。

「どうかしたん？」

「電話に出たとたん、切られた」

「どないしはったんやろね。かけ直さなくてええの？」

「ああ」

ソファに座り直した鳥彦がテーブル上の万年筆を胸ポケットに挿す。それを確かめ、硝子は隣に置いた鞄を引き寄せた。

「ほな、鳥彦さん忙しそうやし、もう行くわ」

腰を浮かせた硝子に、ほうか、と鳥彦が淡白にうなずく。

「そういや、おまえが前に持ってきた漬物、うまかった」

「そらよかった。身体《からだ》は大事にな」

皮肉めいた言葉を口にして、薄く笑む。あぁと返してデスクに戻る鳥彦は、硝子の表情の変化には気付かなかったにちがいない。そっと息をつき、硝子はドアを閉めた。


「T. SASAGAWAか」

万年筆の側面に入った名前をあきが読み上げた。

亀岡研究所を出た硝子は、京都市内の東山駅であきと落ち合った。そのまま目的の場所へ向かう道の途上で、先ほど持ち去った鳥彦の万年筆をあきに見せたのだ。

「龍彦さんの形見やて？」

「鳥彦さん、いつも持ち歩いてんねん。たぶん知っているのはわたしくらいやと思うけど……未和の夢視の中でも映っとった」

この万年筆に硝子は目をつけた。鳥彦の夢視を行うためである。今日亀岡研究所を訪ねたのは万年筆を回収するためで、硝子が万年筆をすり替えている間、杉浦の名前で電話をかけたのはあきだ。はなから示し合わせて行ったことである。

あの日、硝子はあきと取引をした。あきはＬ－pxの分析データを硝子に渡し、硝子は未和の殺害が鳥彦によるものだと伝えた。しかし、硝子もただ犯人の情報を伝えただけではない。鳥彦を捕まえるために、あきが協力することを条件としてつけた。

死の直前の未和の記憶は、特殊捜査官としての権限を逸脱して視たものなので、公的な証拠にはなりえない。加えて、欠けている部分も多かった。硝子にわかるのは、死の直前まで未和が鳥彦といたことだけで、そのあと彼女がどのように殺されたのか、協力者はいたのか、殺害場所や凶器など多くのことが謎のままだ。

さらなる手がかりを得るために、あきの夢視が必要だった。あきは未和と同様、物から記憶の読み取りができる。しかも、研究所にいた当時は、子どもたちの中でも群を抜いて精度が高かった。本当はこの男に借りを作りたくはないのだが、同じ能力を持つ特殊捜査官たちに服務違反をさせることはできない。捜査官として動くことができない硝子の選択肢は限られていた。

それでも、あきには断られると思っていた。失踪の理由を聞いたときに、あきはもう本当に夢視に関わる気はないのだと。けれど、彼は一度きりの約束で硝子の条件を飲んだ。あきの真意はよくわからない。

「……ここか」

未だ規制線が張られた廃校舎を硝子は仰《あお》いだ。

立ち入り禁止の立て札は出ていたが、警備員はいない。周囲を確認してから、規制テープをまたいで敷地内に忍び込む。夢視の前に、遺体発見現場を見ておきたいと言ったのはあきである。幸い、平日の午後は外にも人通りはなく、フェンスの中を歩くあきと硝子に気付く通行人はいない。

未和の遺体が発見されたのは、裏山の林の中だったはずだ。捜査資料を思い出しながら、硝子は背の高い雑草をかき分ける。

「確かこのあたりや」

周辺に規制テープの張られた一角があったため、すぐにわかった。首を吊った未和は今硝子が立つケヤキの下で、剪定業者に発見された。このあたりは雑木が乱立していて、外から少しのぞいただけでは中は見通せない。敷地内には樹の剪定や建物の安全点検のために、ふた月に一度ひとが入る程度だったらしく、発見までに死後ひと月が経ってしまったというのもうなずける。

「何も残ってへんなあ」

「当たり前や。警察の検証はとっくに終わっとるし、他殺を疑う証拠も出ぇへんかった」

「この樹の下で見つかったんやな」

あきはケヤキのそばに立って、ぐるりとあたりを見回した。蜩《ひぐらし》の声が林のそこかしこからしている。木々の向こうに広がる空はすっかり秋の色に変わっていて、この夏がもうすぐ終わるのだという実感を硝子に抱かせた。

未和が失踪してひと月半。たったひと夏の間に硝子の周りにあるものは皆姿を変えてしまった。当たり前だと思っていた日常はなんて果敢《はか》ないものだったのだろう。

――一瞬なんや。

同じことを呟《つぶや》いていた古書店の店主のことを硝子は思い出した。

壊れるときは一瞬。

「硝子？」

いぶかしげに名前を呼ばれて、硝子は我に返った。

「あ、ああ――なんやて？」

「未和の首にかかっていた紐。何やった？」

「……ロープ。スーパーとかでも売ってる普通のやつや」

蟬の声がうるさい。暑さのせいか立ちくらみがしてきたので、硝子はさりげなくその場にかがんだ。七分丈のパンツに合わせたシャツブラウスの釦《ボタン》をひとつ外す。

「抵抗したときに首にできる引っかき傷は、遺体に残っていなかった。もしかしたら薬か何かで眠らせたあと、吊り下げたロープで縊《い》死《し》させたのかもしれへん」

「体内から睡眠薬は検出されたんか？」

「死後一か月やで。無理や」

首を振った硝子に、ほうか、とあきは腕を組む。

「ここで殺したか、別の場所で殺して遺体を運び込んだか……。どちらにせよ、目撃者はおらんだろうな。この場所やと」

「ひと月見つからへんかったくらいやしな」

少し前までは定食屋のおにいさんだった男と、こうして肩を並べて殺人事件の考察をしているというのも奇妙なことである。あきはジーパンのポケットを探ってから、かがんでいる硝子の手の上に塩飴《しおあめ》を載せた。「何？」と眉根を寄せると、「ひっどい顔してはるで」

と息をつかれる。

「行こか、もう」

「あんな、言っておくけど、わたし遺体発見現場で調子悪くするようなヤワな東大卒やないで。わたしのメンタルは鋼やて、同僚からも折り紙付きや」

「そらたいそうな話や。しょこちゃんはがんばりやさんやなー」

「しょこちゃんやない。ひとのこと馬鹿にせんといて」

苛々《いらいら》と言い返すと、「馬鹿やな思わせること言うてはるからや」と冷たい声で言われた。

急所をつかれた気がして、硝子は口をつぐむ。確かに、ほかでもない友人の遺体発見現場で平気だと言い張るのは無理があった。……平気であるはずがない。けれど、硝子の意固地さはそれを認められないし、まして他人から指摘されて、そうだとうなずけるはずもない。こちらの機微を察してしまえるあきが恨めしかった。

「未和のスマホは見つかってへんの？」

塩餡を口に入れた硝子に、あきが別のことを訊いた。

「たぶんもう見つからへんと思う。未和とのやり取りを鳥彦さんが残すとは思えへんし」

「それも夢で視た記憶か」

「違う。娘の勘や」

皮肉っぽく口端を上げ、硝子は腰を上げた。

「気が済んだなら、そろそろ行くで。警察の誰かに会うたらあかんし」

可能性は低いが、警察の関係者と鉢合わせして、硝子が単独行動をしていることがばれたらまずい。まして、あきは出自はともかく今は民間人である。捜査情報の漏洩《ろうえい》に違法捜査、硝子の首がいくつあっても足りない。

「あんたはなんでわたしに協力してくれはるの」

来た道を引き返しながら、硝子は前を歩く背中に尋ねた。ケヤキが群生する林は日中でも薄暗く、あきの背中には木立が作る陰影が落ちている。

「別に硝子に協力しとるわけやない。未和と俺の個人的な問題」

きのう降った夕立のせいか、歩くたびに地面の湿った感触が靴裏《くつうら》に返る。「そこ、ぬかってんで」とジーパンの裾を折りながら、あきが言った。

「いなくなる少し前にあの子と会ったんや。鳥彦さんに研究所のこと、一度聞いてみたいって相談された」

「ああ」

ふたりの会話の断片は、硝子も覚えている。

夢の中で、未和を通してこの男の声を聞いた。今はまだやめたほうがいいとめずらしく感情をあらわにして引き止めていた。未和も一度はそれを受け入れた風を装《よそお》っていたけれど、本当のところは違ったのだろう。Ｌ－pxの簡易分析データを持って、ひとり鳥彦のもとへと向かってしまった。

「あの子が失踪したのを知ったあと、なんや嫌な予感がしてあちこち探したけど、何も見つけられへんかった。結局、こないなことになってしもうてな」

言葉を切り、あきは前を見た。

未和を失ったとき、この男は何を思ったのだろう。あきの横顔を眺めながら、硝子は考える。自分のように喪失感や後悔に打ちひしがれることはあったのだろうか。……わからない。たとえ、内側にどんな感情を飼っていたとしても、この男が硝子にそれを明かすようにも思えなかった。

「鳥彦さんがほんまに殺人してはるなら、研究所は大打撃や。あわせてＬ－pxの分析結果を公表すれば、夢視捜査の手法について、もうちっと議論されるようになるやろ。見直しがされて、捜査官制度がきちっと運用されるようになれば、未和も少しは安らかに眠れる。そういう、俺の自己満足みたいなもんや。――まあ、それでもしょこちゃんの胸が痛むっていうなら」

規制テープをまたいで、あきは少し笑った。

「今度、抹茶パフェ食わせて。おいしいやつ」

「なんや、それ。あんた甘党やったの」

「安上がりでええやん」

肩をすくめて、あきは歩き出した。

「夢視するには眠らなあかんってのは難儀やなあ」

あきは近くにある三時間いくらのホテルを使おうとしたが、硝子のほうが却下した。なんでこの男とラブホに入らなあかんの、とつい反抗心が芽生えてしまう。

「別に襲ったりせえへんで。しょこちゃんにはいつだって紳士だったやろ、俺は」

「やっぱりあんたわかっててやってたわけ！」

「あんなド直球な女、最近そういーひんわ。かわいかったけどな」

マスターに子犬みたいにつきまとっていた硝子を思い出したらしく、あきは咽喉《のど》を鳴らして笑った。マスターを落とそうと躍起になっていた硝子としては面白くない。ド直球の何があかんの、と仏頂面で呟《つぶや》いて、あきの隣を歩く。

「硝子、有名やったもん、やまだで。店主狙ってはる刑事がおるって」

「そら、ご迷惑おかけして悪かったわ」

「かあさんなんて、俺のこと心配してお見合いさせたりな」

「あれ、わたしが原因やったんか！」

「半分くらい。かあさんには若い女の子の気の迷いですよ言うておいた」

たわいのない応酬《おうしゅう》をしながら、疎水沿いの道を歩く。春になると両岸に植わった桜並木が美しい場所だが、今は青々とした葉が川面に映っていた。

「ああ、あそこでええんちゃう」

あきが指差したのは、歩道から外れたところにある小さな公園だった。時間帯のせいか、ベンチや遊具にひとはいない。

「あんた、またえらい適当なところで夢視するなあ……」

「ほどよく雑音があったほうがええねん。安心できるし」

園内にひとつだけある木製のベンチは、経年のためか塗装が剝《は》げてしまっている。足元に荷物を置いたあきを硝子はうかがった。

「あんたずっと夢視してなかったやんか。大丈夫なん」

「わからへんけど。まあ、どうにかなるんとちゃう」

「……ええの？」

「何？」

「ええの、ほんまに」

夢視をしないと決めて、十五年前のあきは自ら存在を消したはずだった。それほどの決意をこんなところで覆《くつがえ》させてよかったのだろうか。あきに夢視を頼んだのは硝子だけれど、本当によかったのか、急に気持ちが揺れてしまう。俯《うつむ》きがちに尋ねた硝子には答えず、あきは手を差し出した。

「万年筆貸してや」

「……うん」

ほかの夢視者と違って、あきはL－pxを必要としない。薬の助けがなくとも、夢視をコントロールできるのだと前に鳥彦が言っていた。黙りこくった硝子の顔を見て、あきは苦笑した。

「心配やなあ思てはるなら、膝枕くらいしてくれたらええのに」

「やるわけないやろ」

「すっかりかわいくなってしもうて、なんやがっかりや……」

嘆息まじりにぼやき、あきはそのまま気負った風もなく腕を組んで目を瞑《つむ》った。物から記憶を読み取るタイプの夢視者には、未和以外にも何人か会ったことがあるけれど、もっと長い時間をかけて対象物に触れてから夢視に入っていた気がする。あきの様子はこれが夢視であると感じさせないくらい自然だった。ほどなく、あきの身体《からだ》からふっと力が抜ける。そのままこちらにもたれてきたあきを硝子は支えた。

始まった、もう。

目を閉じたあきは深い眠りに入っていて、ちょっと揺すったくらいでは起きそうにない。無防備に力が抜けたあきの身体を持て余し、しぶしぶ自分の膝の上に横たえた。夢視は本来、医師の立ち会いが必要とされる危険な行為だ。そうでなくても、殺人にまつわる生々しい記憶は、夢視者の心身に多大な負担をかける。

(この男はゴキブリなみのメンタルを持ってそうやけどな)

初めこそ静かに寝息を立てていたが、そのうちあきの眉間《みけん》にぎゅっと縦皺《たてじわ》が寄る。額に汗が浮かび始めた。握られたあきのこぶしに知らず硝子は手を添える。何故そうしたかはわからない。あきに対して、いたわるような気持ちを抱いてしまったのが不思議だった。あきと過ごした幼い日々。定食やまだに通っていた少し前までの日常。目の前の男に向けていた慕情と恋情が、まだ分かちがたく硝子の胸に根を張っているのかもしれない。

「……タチわる」

複雑な思いを硝子は吐き出した。

——殺人やて。そう思わへん？

あの日、あきに投げかけられた言葉の意味を硝子は今も繰り返し考える。吉野巧の身に起きる事故が視えていて、口にはしなかったあき。直接手を下してなくとも、それが放火に対するあきなりの報復だったのは間違いない。

ただ、あきを一方的に責め立てることも、硝子にはできないのだった。正しいか、正しくないかでいうなら、彼は正しくなかった。けれど、たぶん悪人でもない。やり場のなさに胸が苦しくなってしまって、硝子はベンチの上から雲ひとつない夏空を仰《あお》いだ。

「そう思う――なんて言えへんやんか」

あのとき、口にできなかった言葉をぽつりと漏《も》らす。

放火事件前後の硝子の記憶は、曖昧《あいまい》なものばかりだ。あきがどんな顔でどんな風に放火犯たちを追い詰めていったのか、その断片すら思い出すことができない。けれど、事件があった日の夜、病院のベッドで彼が硝子を寝かしつけてくれたことなら覚えている。怖い夢を見たと泣く硝子の背をさすって、彼はいつものようにやさしく囁《ささや》いた。

――大丈夫。大丈夫、硝子。ナイトメアは、もう見ない。

同じことを、隣で寝転ぶ男の子にも言ってあげればよかった。気休めに過ぎなくても、手をつないでちゃんと硝子のほうから言ってあげればよかった。そうすれば、彼はたったひとりで暗い場所に行かずに済んだのかもしれない。そんなことを考えてしまう。終わったことに想いを馳せても仕方がないとわかっていても、実際のあきはそれで引き返すような甘い男の子ではないと知っていても、それでもだ。

いつの間にかぱたりと風が止んでいた。ひとのいない園内に視線をめぐらせ、硝子は膝の上で眠る男に目を落とす。無防備な寝顔は思いのほかいとけなく、柔らかい棘に胸を刺された気分になった。

「……大丈夫、大丈夫」

汗ばんだ額にそっと触れて呟く。

「怖い夢はもう、見ぃひん」

それが誰に向けての言葉だったのかは、硝子自身も判然としなかったけれど。

肩を揺らして、あきが薄く目を開く。二、三度瞬きを繰り返した男から手を離して、「起きた？」と硝子は尋ねた。

「名前は？　言える？」

「……警察と同じことしなくてええで」

つい癖《くせ》で立ち会いの医師と同じことを訊くと、あきは少し呆《あき》れたように目を眇めた。いつの間にか硝子の膝に頭を載せていたことに遅れて気付いたらしい。なんや、と肩透かしを食らった顔で呟く。

「結局膝枕しとるやん」

「起きて言うことはそれやないやろ。視えた？」

「それなりに。久々にやるとしんどいな……」

頭を起こして、あきはこめかみのあたりを指で揉《も》んだ。先ほどより顔色は悪かったが、呼吸は落ち着いていた。意識混濁や錯綜といった症状も見られない。そのことに人知れず胸を撫で下ろす。

「硝子が気にしてた殺害場所、わかったで」

「どこや！」

思わず身を乗り出した硝子に万年筆を返して、「廃校舎や」とあきが言った。

「薬で眠らされたあと、未和は研究所跡地から東山の廃校舎へ運ばれた。ペットボトルに睡眠薬が入れられてたんや。使うた車は黒のワンボックス。ナンバーは――」

四桁の数字を告げて、「鳥彦さんのか？」とあきが訊く。

「わたしも同じのを夢で視た。あのひと、亀岡駅まで未和を車で迎えに来てたんよ。ササガワ研究所の跡地から東山なら、使うたのは山陰道……。縦貫《じゅうかん》自動車道の可能性はある？」

「いや、山陰道のほうやな。京都市内に入ってからは裏道をいくつか経由して、廃校舎の近くの路肩に駐車した。時間は深夜零時《れいじ》過ぎになっていたはずや。この時点での協力者はおらん。鳥彦さんは発見場所になった裏山までひとりで未和を運んで、自殺に見立てて殺害した。使うたロープはもともと持っていたものかもしれへん。視た記憶からはそれらしい購入場所は出てこぉへんかった」

「凶器からたどるのは難しいか……。なら亀岡から東山までの詳細な道を教えて。ルート上に手がかりが残っている可能性がある」

当日の鳥彦の動きについて、何らかの証拠が挙げられれば、事態は大きく進展する。鳥彦が一か月以上車を放置しているようには思えないが、旧サガワ研究所、待ち合わせ場所となった亀岡駅、東山までのルート――もう一度当たってみる価値はある。

「未和のスマホは硝子の予想どおり、専門業者に粉砕《ふんさい》処理されたみたいやわ。裏業者っぽかったし、もう見つからへんやろな」

「鳥彦さんと未和のメールが残っとったらよかったんやけど。そううまくはいかんか」

書き出してもらった東山までのルートを眺めていると、ふとこちらを見つめるあきと目が合った。彼の目には不思議な静けさが湛《たた》えられている。

「平気か」

その言葉の意味するところを察して、硝子は眉根を寄せた。あきは犯人が鳥彦であることを案じているのだ。鳥彦がほかならぬ硝子の養父であるから。どこまでお見通しのつもりなんやとわずらわしく、そして何故か無性に切なくなる。

「腹ならとっくにくくったわ」

「ほうか」

「それにあのひととは本当の親子でもないし、情なんか湧かん」

「……ほうか」

硝子のついた嘘をあきは暴かなかった。

――あんた、やさしいひとやね、あき。

未和の呟いた言葉が何故かふと思い出された。

まだ少し疲れた風にベンチに座っているあきを見かねて、硝子は公園の自販機で買ってきたスポーツ飲料を差し出す。

「おおきに」

キャップを捻るあきの隣で、硝子もカフェオレのプルタブを開けた。

「なあ、あき」

「うん?」

「鳥彦さん、どんな顔しとった?」

あきはペットボトルから口を離し、少し考え込むようにする。

「さあなあ。俺は硝子とちごうて、物の記憶しか視えん。鳥彦さんが何を考えてはったのかは本人に聞かないとわからへん。ただ、あのひとはこの先……」

何かを言いかけて、あきは口を閉ざした。

「ただ、なんや？」

「何でもない。……鳥彦さんは未和が憎くて殺したわけやないんやろな」

返す言葉が見つからず、硝子は苦みの残るカフェオレを流し込む。その横であきが空にしたペットボトルを潰した。少し休んだおかげだろう、蒼褪《あおざ》めていた顔はもとの色を取り戻している。本当にこういうところはバケモノ並みやな、と硝子は呆れた。

あきが金属製のゴミ箱にペットボトルを投げる。ふちに当たって外したペットボトルを拾いにいくあきを眺めながら、硝子も真似《まね》をして缶を放る。こちらは甲高い音を鳴らしてゴミ箱に吸い込まれた。いかにも勝気な硝子の行動に、あきは苦笑した。

「硝子。あまり無謀なことしたらあかんで」

「その言葉そのまま返すわ。あんた、運動音痴《おんち》そうやし、肝心《かんじん》なとこで外すやろ」

「投手にはなれへんなあ」

交わし合う言葉のたわいのなさに、ふっと心が緩《ゆる》んだ。なれへんやろなあ、と目を伏せて、硝子は微笑《ほほえ》む。

公園を出ると、もうふたりで並んで歩く必要はなかった。それぞれの目的地に向かって歩き出す。別れの挨拶は交わさなかった。

＊

事件の夜のおおよその筋は、あきの夢視からつかむことができた。あとはそれを証明するための証拠集めが必要だ。

あきと別れたあと、東山のプラットホームで、硝子は覚悟を決めてスマホの通話ボタンを押す。発信先は捜査一課の木賊《とくさ》班長だ。

『笹川か。なんやあったか』

数コールを経てつながった木賊の声はそっけないものの、聞くと不思議な安心感がある。知らず張っていた肩の力が抜けて、硝子は眉を開いた。

「先日は未和の葬式に来てくださってありがとうございました。大家さんも皆さんに感謝したはりました」

『いや、俺らかて同僚やからな。たいした手伝いもできなくてすまなかった。今どこにおる？』

「東山です」

『ほうか』

「木賊さん。わたしらの自宅待機、あとどれくらいで解けそうですか」

未和の遺体が発見されてから日が経つが、特殊捜査官に出された待機命令はまだ解けていない。

『課長が動いてはいるみたいなんやけどな。もう少し時間がかかるかもしれへん』

「そうですか……」

沈黙してしまった硝子に、『なんやあったか』と木賊がさっきと同じ言葉をかける。

『自宅待機中だろうと、こっちはおまえの上司や。ちっとは相談しいや』

相談、という言葉に、硝子は瞠目する。

未和のボイスメッセージを聞いてからずっと、硝子はひとりで闘っているつもりだった。

硝子に頼れる人間は少ない。未和の死の真相を明らかにするために、ひとりで考え、ひとりで動かなければならないと思っていた。だからこそ誰にも相談せずに未和の遺体に触れて、夢視を行いもした。

けれど、ここから先をひとりで進むのは難しい。硝子自身そう感じたから、木賊へ連絡を取ったのではなかったのか。

「木賊さん。あの……」

それとなく周囲を見回し、閑散《かんさん》とした地下のホームに誰もいないことを確かめる。

「未和の夢視をわたし、しました。そのことで相談があります。会えますか、今から」

小さく息をのむ気配がして、『それ、ほんまか』と木賊が声色を変える。木賊がいるのは署内ではないようだ。背後から微《かす》かに街のざわめきが聞こえる。張り込みのときは警察関係以外の電話は取らないから、外回りの最中だろうか。

「ほんまです。こんな冗談言いませんて」

『そやけど、おまえどうやって……』

「その話も含めて、お話ししたいんです。なんなら、化野さんも呼んでもらってかまいません」

『マジなんやな』

わかった、と木賊が慎重な声を出す。

『この仕事が終わったあとなら会える。場所は五条周辺でええか』

「大丈夫です」

木賊が五条駅にある喫茶店の名前を告げる。それを手帳に書き留め、二時間後に約束を取り付ける。

『ほなまた』

通話を切り、硝子は息をつく。

周囲を巻き込むことにまだ少し抵抗はあった。けれど、ひとりでことにあたるには時間がない。あきが協力している研究者たちはL－pxの分析結果を使って、早々に何らかのアクションを起こすはずだ。組織ぐるみの不正が明らかになれば、亀岡研究所には激震が走る。そのとき、特殊捜査官制度がどうなるかは硝子にもわからない。

（けど鳥彦さん。あんたはわたしが捕まえる）

吹きつけた風が思いのほか冷たく、硝子は首に巻いたショールに顎《あご》をうずめた。通話を終了したスマホのホーム画面に一枚の写真が映る。高校の制服を着た硝子と椎葉おばあさん、それから鳥彦が校門の前に立っている、唯一といっていい家族写真だ。和やかに微笑む椎葉おばあさんに対して、仏頂面をしている鳥彦がいかにも彼らしい。硝子はひとり元気よくピースサインをしていた。

息子を捕まえると息まく孫娘を天国の椎葉はどんな顔で見ているのだろう。椎葉のことを想うと、硝子は胸が潰れそうになる。わたしは間違ったことをしているんじゃないか。疑念は振り払っても繰り返し湧いてくる。

それでも、鳥彦がしたことをなかったことにはできない。養父だから、恩のあるひとだからと目をそむけることは硝子にはできない。答えはもう出ているのだ。ただ硝子の感情が行き場所を失っているだけで。

「……ほんま、みぃんな壊れてしまうなあ」

やがて、緩やかなスピードで電車がプラットホームに入ってきた。ひときわ強く光ったランプに目を眇め、硝子はスマホ画面をオフにした。

待ち合わせの喫茶店に木賊は遅れてやってきた。

窓辺に座った硝子と化野を見つけ、「すまん」と片手を挙げる。指定された喫茶店は、木賊の馴染《なじ》みの場所らしい。どこぞやの定食屋同様、古びた店内には閑古鳥《かんこどり》が鳴き、硝子たち以外の客はいない。店主の趣味らしく落ち着いたクラシックが流れ、こちらの会話が筒抜けにならないよう配慮《はいりょ》されていた。化野の隣に座った木賊が店主を呼んで、アメリカンを頼む。

「こんなこじゃれた店、よう知ってはりましたね、木賊さん」

「絶対昔の女だろ」

「ああ、なんやて？」

凄んだ木賊に、化野がわずらわしげに首をすくめる。以前と変わらないふたりの様子に、硝子はそっと胸を撫で下ろした。

「ほいで、川上の夢視をしたってのは、どういうことや」

運ばれてきたアメリカンに角砂糖を二つ三つぶっこみながら、木賊が尋ねる。

「通夜の前に、斎場の霊安室で未和の遺体と面会したんです、わたし。すいません、そのとき許可なしでやりました。このままじゃ未和の自殺で片付けられてしまいそうやったから」

「そやけど、どうやって……」

困惑する木賊と化野に、硝子はあきから入手したL－pxの成分分析結果のコピーを見せた。それからL－pxにまつわる疑惑とそれに研究所や警察医が関与しているらしいことを説明する。あきについては十五年前に失踪した男が生きていたという話にとどめ、定食やまだの話は出さなかった。何故かはわからない。あきのおかあさんまで巻き込んでしまうことを危惧したのか、あきに対する複雑な情がそうさせたのか。

「これが未和の残した音声メッセージです」

保存したメッセージをイヤフォンでふたりに聞かせると、いよいよ真実味が湧いたようだ。それまで半信半疑だった化野が「おまえの妄想ってわけじゃないみたいだな」と呟く。

「ちょっと。妄想ってどういうこと？」

「川上が死んだショックによる幻聴と妄想。ありえない話じゃない」

「笹川はそないヤワな女でもないやろ」

「どうですかね。木賊さんだって最初は不審そうな顔をしていたじゃないですか。俺を同伴させたのもだからでしょう」

「そら、急に川上の夢視した言われたら心配にもなるわ。電話のおまえの声、相当気ぃ張っとったし」

　確かにかなり緊張していたけれど、木賊に筒抜けになっているとは思わなかった。もしかしたら木賊がすぐに会ってくれたのは、硝子自身を心配したからかもしれない。なんとなくばつの悪い気持ちになって、「えらい心配をおかけしまして……」と視線を逃す。

「それで？　視たんやろ、川上未和の最期の記憶。そして、自殺ではなかった」

「まさか犯人を視たのか」

　その可能性に遅れて気付いたらしく、化野が顔色を変える。ええ、とうなずき、硝子は膝の上に置いた手を組み合わせる。もっとためらうだろうと思っていたが、すでにさんざん悩んだせいか、その先の言葉はすっきりした面持《おもも》ちで言えた。

「笹川鳥彦。未和を殺したのはわたしの養父です」

　ふたりの男はしばし言葉を失った。

「……ほんまか」

「ほんまです。亀岡駅から旧ササガワ研究所跡地に向かったあと、東山の廃校舎の裏山で首吊り自殺に見立てて殺害。未和は睡眠薬を飲まされたみたいです。動機はおそらく口封じ——お話しした研究所の不正を隠すためではないかと」

殺害場所や経緯を視たのはあきだが、話をややこしくするのも面倒なので、すべて自分が視たことにしておく。それ自体に疑問は感じなかったようで、「笹川鳥彦か」と木賊が腕を組んだ。

「川上は自殺の線が濃厚やったし、交友関係以外はろくに調べてへん。笹川鳥彦と川上の個人的なつながりも見当たらへんかったしな」

「でも、木賊さん。笹川の夢視は公的な証拠にはなりえませんよ。どころか許可証なしの夢視なんて、上に報告したら処分案件です」

「わかってます。やけ、こうして木賊さんに連絡を取ったんですから」

ここからは賭けだ。そっとこぶしを握って硝子は背筋を正す。

「わたしはこれから笹川鳥彦の川上未和殺害の証拠を集めよう思てます」

「自宅待機中やで、おまえは」

「一市民として動くだけです。ただ、わたしには時間も力もない。そやから……協力してもらえませんか」

　思いきって助力を求めた硝子に、化野は瞬きし、木賊は沈黙した。

　ふたりの反応に、だめか、と硝子は諦念を抱く。自分でもむちゃくちゃなことを言っている自覚があったし、まっとうな人間ならたぶん応じない。硝子は捜査官としての権限を逸脱したうえ、すでにいくつもルールを破っている。下手をすれば、このまま警察に突き出されてもおかしくはないのだ。

　特に木賊班のメンバーとはいえ、化野を同席させてしまったのは失敗だった。つつがなく研修を終えれば、出世が約束されている男が危うい橋を渡るだろうか。

「……なんとか言ってくださいよ、木賊さん」

　先に口を開いたのはその化野だった。

「この馬鹿に阿呆《あほ》とか馬鹿とかなんとか。呆れて物も言えない」

「そやなあ。新人で配属されたときから、頭のネジが一本外れかけた女やて思てたけど、ほんまやったわ。なあ、笹川」

　辛辣な物言いに反して、木賊は何故か口端に笑みを浮かべている。「ほいで?」と先を促され、硝子は戸惑う。硝子を見つめる木賊の目は、出来の悪い生徒を見守る教師のようでもある。

――もうぜんぶ、木賊はわかっているのだ。

気付くと、小賢しく腹の探り合いをしようとする気が失せた。

「ネジが外れてるいうんは心外ですけど」

苦笑して、硝子は鞄《かばん》にしまっていたものを差し出す。少し前にしたためていた辞職願だった。真新しい白封筒に一瞥を送った木賊が息をつく。

「これがおまえのけじめなんやな」

「さすがにむちゃくちゃやりすぎやいうのは、わかってます。戻れませんて。わたしの首がいくつあっても足りひんわ」

未和が残したL-pxを使って無断で夢視をしたときに、それについては腹をくっていた。「ほいなら、俺から言うことは何もないわ」と木賊は背広の内ポケットに封筒をしまう。

「川上の件がほんまに自殺やないなら、こちらの捜査ミスでもある。自分の尻ぬぐいは自分でせな」

「まさか本気で言っているんですか？」

顔をしかめた化野に、木賊は手を振った。

「やりたくないならおまえはええで。本庁に戻れなくなったらかわいそやしな」

「……でも、口止めはするわけでしょう。あんたらほんと疫病神ですよ」

　舌打ちを隠さず、化野は苛立《いらだ》たしげに黙りこくった。テーブルを二、三度指で叩いてから、据わった目で硝子を睨《ね》めつける。

「勝算は？」

「え？」

「だから、勝算は。あるのかないのか。ないもんに特攻させる気なら、ぶん殴《なぐ》るぞおまえ」

「あ、ある！」

　化野の剣幕に押されたわけではないが、硝子もむきになって声を上げた。

「鳥彦さんは移動に車を使うてる。亀岡から東山周辺の防犯カメラかNシステム、もしくは車内から未和の毛髪を採取できれば」

「一か月以上経っているんだぞ。車内はさすがに掃除してるんじゃないか」

「犯行現場に鳥彦さんの遺留物《いりゅうぶつ》があるかもしれへん」

「鑑識の報告では、特定できない遺留物はなかったはずだ。指紋も川上以外検出されていない」

「亀岡駅に鳥彦さんは車で未和を迎えにいったはる。目撃情報があるかもしれへん。あのあたり、タクシーも多く止まってんねん」

必死に言い募《つの》ると、化野は眉間に手を当てて、「時間がかかりそうだな」とぼそりと呟《つぶや》いた。回りくどい言い方だが、協力する気はあるらしいとわかって、硝子は拍子抜けした気分になる。木賊が愉快そうに咽喉《のど》を鳴らした。

「こう見えてこいつは情に厚い男やねん。おまえがいなくなったあと、川上の再捜査できへんかって何度か上に掛け合ってたんやで」

「う、嘘」

瞬きをした硝子の前で、化野が乱暴にカップを置いた。

「班長。とっとと打ち合わせを始めてください」

店内にかかっていたクラシックが別のものに変わる。追加のサンドイッチを頼み、「ほな、やるか」と木賊はにやりと笑った。

＊

世間ではもうすぐ夏休みが終わるらしい。子どもたちの自由研究を話題にするラジオを聞きながら、あきが仕入れた野菜の下ごしらえをしていると、店のガラス戸ががらりと開いた。

「すいまへん、まだ準備中なんやけど――」

「よう、相変わらず元気に定食屋やっとるな」

現れたのは、ド派手なシャツに下駄を突っかけた無精ひげの男。ササガワ研究所で研究者として働いていた傘井だった。医師免許を持ち、かつ優秀な病理学者でもあるのだが、風貌のせいでただの胡散臭いオヤジにしか見えない。

「めずらしいな。あんたがこの店に来るなんて」

「たまにはな。焼酎あるか」

「うち、昼から酒出す店やないねんけど」

呆《あき》れつつ、あきは棚《たな》から取り出した焼酎をカップに注ぐ。胡瓜《きゅうり》と枝豆の漬物を小鉢《こばち》に載せて一緒に出した。

「なんやあったの?」

「それはこっちのセリフや。警察のお嬢さんと裏でこそこそ動き回って、何のつもりや」

「ああ、ばれてしもうたんか。さすが地獄耳やねえ」

洗ったゴボウをササガキにしながら、あきは首をすくめる。午後三時。この時間、定食やまだの表戸には準備中の札がかかる。常連客が顔を見せ始めるのは、仕事終わりの七時過ぎだ。

「記者さんにはもう成分分析の結果を渡したん？」

「一週間後発売の『週刊タイムズ』に記事が出ると思うで。ここまでほんに長かったわ」

傘井としてはようやく一仕事終えた気分だろう。やまだに顔を出したのはだからかもしれない。ふうんと呟いて、あきはラジオの音量を下げた。

「また微妙な時期やな。もうひと騒動ありそうやねん、それでかき消えんとええけど」

「なんや、また何か視たんか」

「そんなとこ。ああ、傘井せんせ、金曜の夜に車貸してくれへん？　うちの車、今おかあさんが使うてるんや」

あきの突然の申し出に、傘井はいぶかしげな顔になる。

「車て……何に使うんや」

「ちょっと岡山までな。ドライブすることになりそうで」

「ええけど、事故起こしたらしばくで。うちの車、年代ものなんや」

あきと傘井の付き合いは長い。遡れば、あきがササガワ研究所を出た十六の頃から、なんだかんだ面倒をみてもらっている。見た目の軽薄さに反して、信頼できる男だった。

傘井が煙草《たばこ》を出したので、「ここ禁煙やで」とあきはじろりと睨《にら》んだ。

「ったく、うるせえオヤジに育っちまって」

「あんなあ、あんたいい加減肺やられるで。ほどほどにしとき」

「はいはい。今日はおまえのおやじさんに線香あげにきたんや」

「へえ、あんたが命日だのなんだの覚えてはるとは思わなかったわ」

濡れた手を拭いて、あきはポケットから家の鍵を取り出した。定食やまだと山田家は同じ敷地内にふたつの建物が並んで立っている。やまだの勝手口から塀伝いに山田家の玄関に回って鍵を開ける。玄関の前では養母が植えたトルコキキョウが白や青紫の花をつけていた。

「おやじさん死んで、何年や」

「ぼちぼち十年やな。早いもんや」

「ここ連れてきたときはおまえ、今にも死にそうな面しとったのにな。今ではひとの肺まで心配するようになって何よりや」

トルコキキョウを供えた仏壇の前で、傘井が手を合わせる。あきはつけっぱなしだったエプロンを椅子《いす》にかけて、傘井の後ろに正座した。

「傘井せんせ。俺な」

仏壇に飾られた養父の写真を眺め、あきは口を開く。

「ここ来たときは、夢視なんかもう絶対にせえへん思ってたんよ。要らんもの視て、知らんところでひとの人生狂わせて、ほいで、挙句の果てにひとを死なせて。おそろしゅうて、消えてしまいたかった。せんせは、俺があんまりしょうもなげな顔しとるから、ここに連れてきてくれはったんやろ？」

「……どやったかね。おまえのおやじさんとおかあさんは、ほんまに子どもが欲しかったんやで。でっかい子どもさけ、いいか聞いたら、いい言うたんよ。物好きやんなあ」

「ほんまや」

生前の養父を思い出し、あきはふふっと笑う。

「俺は夢視せえへんようになって、よかったて思う。この先もやらん、二度と。そやけど、気ぃ張って闘ってる女の子に出会うてしもうてな」

研究所時代の硝子は、あきの中では「よく泣いていた女の子」くらいにしか記憶されていない。あの頃の硝子は悪夢を見るたび、あきを探して泣いていたものだ。

だからこそ、大人になった彼女に再会したときは驚いた。いつの間にか、自分よりずっと力強く生きるようになっていた彼女に。硝子は、あきが手にした日常とは真逆の場所で闘っていた。傷ついてもぼろぼろになってもその場所から降りないで、今も自分なりの正しさを探してもがいている。

「なんや、ほだされてしまったなあ……」

弱りきった呟きは、ぽつんとこぼれた。

二度とやらないと決めていた夢視をしたのは、相手が硝子だったからだ。たとえ、そこにどんな直視しがたい現実が待っていたとしても、彼女なら取るべき道を間違えないだろう。彼女がとびきり強い人間だからではない。揺るぎない信念や意志を持っているからでも。ただ迷って、悩んで、考えて。そういう小さくてしんどいことを雑にしないで生きられる女だから、信じた。視たものを託そうと思ったのだ。

「今回のこと、おまえは面倒くさがって関わらへんかと思っとったわ」

蠟燭に使ったライターを手で回しながら、傘井が言った。

「L－pxの耐性も夢視のリスクも、俺らにはササガワ時代、可能性に気付きながら追及しきれんかったって負い目がある。そやけど、おまえには関係のないことさけ」

「未和をあんたに引き合わせたのは俺やし、あとはまあ、なんちゅうか気まぐれや」

「ちゃうやろ」

傘井はひとの悪い笑い方をした。

「きっかけは川上でも、見過ごせなかったのは、お嬢さんがおったからやろ。お嬢さんが働く場所やってん、放っておけなかった」

「……わかってはるなら聞かなくてええやん。性格の悪いオヤジやわ」

あきが息をつくと、傘井はおかしそうに笑い出した。チンピラみたいな外見のくせに、情の深い笑い方をする男だ。

「あき。たぶんおやじさんの望みは、今も昔もおまえが好きに生きてることや」

「知っとる」

少し笑って、あきは居間にかかったカレンダーに丸印をつける。

九月一日、山陽自動車道瀬戸パーキングエリア。それが最後の日になりそうだった。

＊

亀岡のタクシー会社を中心に、硝子と化野は聞き込みを続けた。

三社あるタクシー会社を当たっていくと、未和らしい女性を見たという運転手が現れた。一度タクシーに乗車しようとしたあと、スマホに連絡が入ってキャンセルをしたので覚えていたらしい。ただ電話をかけてきた相手や、そのあとの未和の足取りについてはわからないという話だった。

「亀岡駅の防犯カメラには未和がひとりで映ってたんよね」

「七月二日の夜八時過ぎにな。改札を出る姿は映っていたが、入る姿はなかった。Ｎシステムにも笹川の車の記録はなかったし、そのあとの足取りは途絶えている」

「となると、あとは木賊さんが当たってはるコンビニ頼みか」

亀岡駅から旧ササガワ研究所に向かう途中、鳥彦はコンビニでペットボトルとワンカップ酒、線香を買っていた。未和は車内に残っていたため、硝子に視えたのはコンビニの種類や店構えくらいだが、覚えていた景色をもとに絞《しぼ》った数店舗を今木賊が当たっている。

「ちなみに、占出《うらで》管理官はこのことは……?」

「木賊さんからそれとなく話はしてるんじゃないか。じゃなかったら、俺も木賊さんも昼間から好きに動けない」

「ですよね」

かなりの数の人間を巻き込んでしまって、胃がきりきりと痛んでくる。神妙そうな顔をした硝子に、「今さらか」と化野は鼻で笑った。

タクシー会社の駐車場に止めた車に乗り込み、エンジンをかける。助手席に座った化野が買い込んだおにぎりの包装フィルムを破った。

「これからどうする。木賊さんに合流するか」

「その前に一度鳥彦さんのアパートに行ってみてもええ?　車が戻ってきてるかもしれへんし」

「川上の遺留物《いりゆうぶつ》？　可能性は低いと思うが」

　本来なら真っ先に確認しておきたかったのだが、鳥彦が自家用車を使って出張に出ていたため、今日まで確認することができずにいたのだ。研究所にそれとなく聞いてみたところ、出張の日程はきのうまでだったので、車も戻ってきているはずだった。

「何も見つからへんでも、保険はかけておきたいんや」

「保険？」

「これ。木賊さんに渡された」

　硝子がポケットから木賊の預かりものを取り出すと、「……マジかよ」と化野が頰《ほお》を引き攣《つ》らせる。

「あのひともたいがい頭のネジぶっ飛んでるじゃねえか……。研究所の駐車場じゃなくて、アパートでいいのか？」

「あのひと普段バス通やねん。車は置きっぱなし」

　ペットボトルをホルダーに置くと、硝子は車を出した。隣で化野が二個目のおにぎりを片手に、亀岡周辺の地図を開く。ルート上にほかに手がかりがないか探しているようだ。その横顔は真剣そのもので、硝子は少し意外に思う。口は悪いし、態度も悪いが、真面目《まじめ》な男だ。早く研修を終えて警察庁に戻りたいと言っていたから、現場仕事は適当にやっているのかと思っていた。

「なあ、化野さんて、なんで警察に入らはったん？」

「は？　『熱血デカ物語』」

往年の刑事ドラマの名作が飛び出して、硝子は一瞬噎《む》せそうになった。

「いや、あんたそんな顔してないでしょう。熱血デカ物語てアレやろ、強面《こわもて》の刑事さんが西部劇ばりの銃撃戦を街中で繰り広げるやつ。しかも胸に銃弾受けても生き返らはるし。――あ、もしかして今の冗談やった？　ツッコミ待ちのほう？」

「うるさいな。理由なんかいいだろ、なんだって」

「そやけど、あんたはもっとこう、警察行政とか、近年の犯罪傾向とか、そない小難しい話をするもんやとばかり」

ぷくく、と笑いの余韻がおさまらず、硝子は眦《まなじり》に滲《にじ》んだ涙を拭《ぬぐ》う。

「なぁんだ、そやったの」

「……そっちは何なんだよ」

「わたし？」

「特殊捜査官なんて変な職業めざした理由」

あらためて尋ねられて、そやなあ、と硝子は考え込む。前に鳥彦にも同じことを聞かれたことがあった。

「わたしも化野さんに似てる。憧れのおにいさんがおったん。夢視のスペシャリストで、ぎょうさん事件を解決しててな。そのひとはまあ、しんどいこともぎょうさんあって、今はやめてしもうたんやけど」

「おまえは？」

「わたしは……」

遠方を横切るなだらかな山の稜線を眺め、硝子は口元を緩《ゆる》めた。

「たぶん、喧嘩《けんか》売ってるほうが性に合っとる。悪夢にびびって泣いてたってしゃあないし。ほいなら、その悪夢ってやつと殴《なぐ》り合いしてるほうがすっきりするしな。ほいで、いつかおばあちゃんになったら思いっきり笑ってやるんよ。どんなもんやて。わたしの人生、ぜーんぜん、いい夢ばっかりやったわって」

この状況でも、まだいろんなものを諦めていないらしい自分に気付いて、少し呆《あき》れてしまう。捜査官の辞職願まで出したのに、我ながらだいぶしぶとい。

鳥彦に対する迷いがすべて消えたわけじゃない。状況を達観できるほど人間が出来てはいないし、胸をかき乱す感情に今ものまれそうになっている。それでも、ここで嘆いてしまったら終わる気がする。こうして動いてくれた木賊や化野や、未和の想いをぜんぶ無駄にしてしまう気がするのだ。

だから、今は口先だけでいい。

「この先は明るい場所につながっているって。信じられへんでも信じるの。諦めてしまいたくないいんや、まだ」

硝子の言葉に何を思ったのかはわからない。ただ、「おまえらしいな」と呟《つぶや》いて、化野は手元に目を戻した。それきり地図を読み始めてしまったので、硝子も運転のほうに集中する。

鳥彦のアパートは、亀岡研究所から西に数キロ離れた閑静な住宅街にあった。入居者用の駐車場の最奥に、目当てのワンボックスカーは止まっていた。

「そういや、車のキーは？」

「あるわけないやろ、そんなもん」

呆れ顔で一蹴《いっしゅう》し、硝子はそばに転がっていたブロックを拾う。

「おまえ、本気かよ」

「偉くなる刑事さんは目ぇ瞑《つむ》っといて。こっちはもうすぐ一般人や」

布にくるんだブロックを勢いをつけて車の窓ガラスにぶつける。何度か繰り返すと、ガラスに細い亀裂が入り、あっけなく内側に外れた。中に腕を差し入れ、ロックを解除する。

「この女、ほんと頭のネジが外れてる」

「もうなりふり構っていられへんわ。ほら刑事さん、さっさと仕事するで」

ポケットから出した白手袋をはめて、ドアを開ける。未和の血痕、髪の毛や皮膚片など何でもよかった。ひとつでも彼女につながる遺留物を見つけられれば、有力な物証になる。

化野が車内に血液反応キットを噴霧した。鑑識が使うものより精度は落ちるが、目に見えない血液にも反応してくれる。しかし、時間を置いても反応は現れない。助手席のシート部分や足元、コンソールボックス、さらにはトランクやタイヤまで、手分けして調べたが、結果は同じだった。

「なんも出ぇへん」

低く呻いて、硝子は頭を抱える。

「あかん、サイドガラス、割り損になってしもうた……？　せめて中のマットだけでも運んで、付着物がないか見てもらう？」

「そうなると、科捜研を動かすことになるだろ。そこは木賊さんのツテを頼るとしても……第一、笹川鳥彦に感づかれて逃げられたらどうする。あと、令状が出てない今の時点でマットを持ち去るのは窃盗だ。現状、十分犯罪だけどな」

「あんた、いちいち理路整然としていてむかつくわ」

硝子も自分の提案に無理があると気付いてはいる。車を処分していない以上、中からは何も見つからないという自信が鳥彦にもあるのだろう。未練がましく車内をもう一度確かめてから、硝子は木賊から預かったものを車体の底に設置した。スイッチをつけて作動確認も済ます。

「これ、車上荒らしだって、警察に届け出られたらどうするんだ?」

「それはたぶん平気。性格的にガラスを取り換えて終わりや、あのひとはな」

サイドガラスなら、ディーラーに預ければ数時間で取り換えができる。仏頂面をして、研究所近くの店に車を持っていく鳥彦の姿が目に浮かんだ。それに自信があるとはいえ、鳥彦もわざわざ疑惑の車を警察に引き渡すような真似《まね》はしないだろう。

「せめて車の目撃証言だけでも取れればな。もう一度当たってみるか、おまえが視たルート」

手袋を外した化野が思いついたように言った。

「わたしのって、亀岡から東山までの道を?」

「Nシステムが外れでも、ルート上の駅や店先の防犯カメラにこの車が映っている可能性はある。目撃者だっているかもしれない」

こういうときに食い下がるのはいつも自分のほうなので、硝子は少し驚く。化野らしくないとまでは言わないが、この男のほうから手間をかける提案をしてくるのはめずらしい。

硝子の表情に気付いたらしく、「なんだよ」と化野が不快そうに頬を歪めた。

「死ぬ気でつかんできた証拠だろ。何も出なかったで済ませていいのかよ」

「そら、そうやねんけど」

未和の殺害場所や手段、協力者の有無、亀岡から東山までの詳細なルート——捜査の手がかりとなる情報を実際につかんできたのはあきだ。加えて彼は、凶器や未和のスマホといった、探しても無駄なものもあわせて教えてくれた。あきの情報精度に比べたら、硝子が未和の夢視でつかんできたものなど、証拠に直結しない記憶の断片ばかりだ。

それでも、化野の言葉は確かに硝子の胸を叩いた。たったひとりでもがいていた時間をほんの少しだが、すくいとってもらえた気がしたのだ。

そやね、とうなずき、硝子はこぶしを手に打ちつけた。

「やってみよか、化野さん。亀岡から東山までの二十五キロ。せっかくつかんだルートやもん、目撃者のひとりやふたり、死ぬ気で見つけたるわ」

鳥彦と未和の目撃証言は意外なところから出た。

ゼミで観光動画を撮影していた大学生グループが、ルート上にある桂駅周辺の当日の映像を持っていたのだ。亀岡から東山までのルートをたどっていた際、偶然機材を持った大学生グループが通りかかったことからわかった。

当日の夜、彼らは桂駅前のペデストリアンデッキから駅前の全景を撮影していたらしい。画像はかなり粗かったが、分析を進めると、鳥彦の車のナンバーが確認できた。助手席で眠る未和らしき女性の姿も。

さらに鳥彦がササガワ研究所跡地に向かう途中で立ち寄ったコンビニも判明した。ペットボトル二本とワンカップ酒、線香をやはり購入していた。

「任意の事情聴取で引っ張れるか」

木賊が占出に掛け合おうとしていたさなかである。研究所から鳥彦が姿を消した。

＊

アクセルを踏み込み、深夜の山陰自動車道を広島に向かって走る。平日深夜の時間帯のためか、運送トラックが何台か走っているくらいで道はすいている。

府警が未和の事件で再捜査を始めていることは、警察とつながりのある情報筋から鳥彦に知らされた。少し前からおかしいと思ってはいた。たいした用事もなく研究所にやってきた硝子。議員の杉浦を騙《かた》ってかかってきた無言電話。久しぶりにアパートに帰ると、駐車場に止めてあった車の窓ガラスが割られていた。ただし中のものが荒らされた形跡はない。——ばらばらだった事象はすべてこの予兆だったのか。

府警の捜査情報が入った直後、鳥彦は広島に本拠地を置く杉浦に連絡を取った。話を聞いた杉浦は、捜査の手が及ぶ前にひとまず身を隠すよう勧めた。潜伏場所は杉浦が広島市内に用意した。広島に着いたら、この車は解体業者に出して廃棄する手はずになっている。

亀岡から休まず運転していたため、目が霞んでくる。ハンドルを取られそうになって我に返り、鳥彦は息を吐き出した。前方に瀬戸パーキングエリアの表示を見つけてウィンカーを出す。

深夜のパーキングエリアに車はほとんどなかった。一度外に出ようとしてから、こめかみが鋭く痛んでシートに座り直す。すでに岡山には入っているから、目的地である広島へはあと数時間で着くはずだ。十分でもいい、眠りたかった。

こんこん、と外から窓ガラスを叩く音がしたのはそのときだ。

うつぶせになっていたハンドルから顔を上げ、鳥彦は目を見開く。車外に見知らぬ男が立っていた。とっさにロックに手を伸ばすが、男がドアを開けるほうが早い。車体とドアのあいだにすばやく身体《からだ》を滑り込ませ、男はエンジンに挿しっぱなしだった車のキーを奪った。

「鳥彦さん、やろ?　おひさしゅう」

月を背に、男は目を細めて笑った。

まさか府警の刑事か。身構えたものの、すぐに疑念が湧く。刑事がひとりで行動しているのは不自然だったし、男はこちらに警察手帳を提示するでもない。

「おまえ、誰や」

「覚えてないか。まあ、ほとんど顔も合わせてへんから当たり前やな。俺はすぐわかったで。龍彦さんにそっくりやねん、あんた」

今となっては龍彦の名を口にする人間は限られる。まして顔を覚えている者などほとんどいない。考えているうちにひとつの可能性に行きつき、鳥彦は愕然となった。目の前の男が誰であるか、急に思い当たってしまったのだ。そして、何故この男が狙いすましたかのようにこの場所に現れたのかも。

「おまえ……澤井空やな」

「そうや」

別に隠すつもりもなかったのだろう。あきは車のボディに手をついたまま、あっさり認めた。

「ここに来たのは夢視か」

「あんたの万年筆を貸してもろうてな。そのとき、あんたが今日この時間、この場所に来はるイメージも流れてきた。もう長いことやってへんかったし、半信半疑やったけど、当たってしもうたな」

　あきが夢視者の中でも別格に扱われた理由——彼は物に対する記憶の読み取りだけでなく、その持ち主の身に近い将来起こることの予知ができたのである。

　鳥彦は胸ポケットに挿した万年筆をすばやく確認する。肌身離さず持っていたはずなのに、いつの間に盗まれていたのだろう。そこまで考えて、まさかと気付く。あらためて注視すると、馴染《なじ》みのあるものより塗装に艶があり、疵《きず》も少ない気がした。

「まさかすり替えたのか……？　いつ？」

「取り替えたのはあんたの娘や。協力は俺もしたけどな」

「硝子が？」

「あの女、無茶ばっかするからなあ」

　少し前、硝子がアポイントなしで亀岡研究所を訪ねてきた日のことを思い出す。硝子なら、万年筆のメーカーや側面に入った龍彦の署名も知っている。計画的に万年筆を用意してすり替えたのだ。

理解すると同時に背筋に冷たいものが走る。夢視のために硝子が鳥彦の万年筆を盗んだのだとすれば、あの時点で鳥彦を疑わしいと考えていたことになる。未和の行方を硝子が追っていることは知っていたが、失踪したあきの足取りなどというピントが外れた方向を調べていたので、油断していたのだ。しかし硝子は知らぬ間にそのあきを見つけ出し、協力関係を築いていたらしい。

「おまえはとっくにどこかで野垂れ死んでいると思っとったわ」

「ゴキブリ並みのメンタルやねん、なかなか死にきれなくてな。——あんたのしたことはもうだいたいわかっとる。どこへ逃げるつもりかしらへんけど、観念しぃや。逃げ回って自分の娘に捕まえられるよりは、潔く出ていったほうが格好もつくやろ？」

口調こそ軽いが、あきの目は冷ややかで、未和の殺害だけでなく、その発端となった研究所による不正を見透かすかのようだ。夢視をしたということは、言葉のとおりおおかたを視たのだろう。諦めて、鳥彦は車のシートにもたれた。

「自首の勧めにわざわざ岡山くんだりまで来たのか。暇やな」

「たまのドライブやねん。こうして逃走犯にも会えたしな」

「こないなとこで休まへんで、広島まで走り抜ければよかったか。失敗したわ」

俺も運の尽きやな、と鳥彦は自嘲《じちょう》する。

「なああんた……。なんでそうまで追い詰められてしもうたん」

ドアに手をかけたまま、あきが呟いた。その口ぶりは思いのほか人間くさい。あきの出自はあまりに特異で、死神のような冷たい目をした男にちがいないと勝手に思っていた。

鳥彦は少し笑った。

「――見逃してくれへんか、澤井」

「何やて？」

「一年待ってくれ。そのあとでなら、自首でも何でもするわ」

あきはいぶかしげな顔で鳥彦を見る。

パーキングに止めてあったトラックのひとつに運転手が戻ってきてエンジンをかけた。トラックが出ていくと、もともと閑散《かんさん》としていた駐車場に残った車は二台だけになる。離れた場所に止まっている年代ものの乗用車はあきのものだろう。

「来年の国会で特殊捜査官の本格運用に関する法案が通る。権限が拡大されるだけやない、各都道府県警に捜査官が配置できるようになる。兄の悲願がようやく叶うんや」

「……それが未和の口封じが必要やった理由か」

「ここにたどりつくまでにどれほどの時間がかかったか、おまえにわかるか。十五年や。一度のうなった研究所を立て直してここまで十五年かかった」

龍彦は夢視者が自身の能力を活用できる社会の実現をめざしていた。病気ではない、これはギフトなのだと信じて疑わなかった。兄の研究のきっかけにもなった、睡眠時異視症候群だった婚約者は、周囲の差別や偏見の中で早逝したが、結果として兄は以前にも増して研究に没頭するようになった。夢視者たちに失くした女を重ねていたのかもしれない。研究に打ち込む兄の純粋さは、鳥彦にはまぶしくも見え、他方で厭《いと》わしく感じることもあった。鳥彦にとって、兄とはずっと尊敬と嫉妬《しっと》が分かちがたく絡み合った複雑な存在だったのだ。

その兄も十五年前に突如火事で死んだ。

連絡を受けた鳥彦がドイツの長期出張から戻ってくると、司法解剖《かいぼう》の済んだ兄の遺体は焼かれたあとで、研究所のあった土地には瓦礫《がれき》しか残っていなかった。ほとんど更地と化したサザガワ研究所の前に立ったとき、鳥彦は何故か笑ってしまった。悲しみや怒りが過ぎると、ひとは訳もわからず笑い出すらしい。

急に抱えてしまった空洞を埋めるように、後継機関の立ち上げに奔走した。道半ばで閉ざされた兄の研究を実現する。それを自分に課さなければ、このあてどない虚無に飲み込まれてしまいそうだった。

研究に対する崇高《すうこう》な意志などない。夢視者に対する想いも、ついぞ抱くことがなかった。

ただ失くしたものを取り戻そうと走って、走って、……ここまできた。

——あなたの研究は復讐《ふくしゅう》や。

かつて兄のもとで働いていた傘井という研究者は鳥彦にそう言った。

——何も生み出さへん、徒花《あだばな》と同じ。

「何も一生逃げる言うてるわけやない。おまえかて、もとは兄の研究所で育った人間や。わかるやろ？」

岐路《きろ》と呼べるものは、ここに至るまでの間にいくつかあった。

L－pxに耐性が見つかり、一部の捜査官の間で夢視がしづらくなっている状況を報告されたとき。L－pxに代わる開発中の新薬は、臨床《りんしょう》実験を含めると承認を得るまでにあと十年はかかる。現時点で命に関わる副作用は報告されていなかった。しかしそれを証明するためにかかる時間はあまりに長い。

ちょうど議員の杉浦をはじめとした支援者を得て、特殊捜査官本格導入に関する法案を準備している時期だった。今、肝心《かんじん》の夢視捜査に瑕疵《かし》が見つかればどうなるか……。杉浦たちを前に、厳然と存在していたはずの天秤が揺らいだ。一度揺らいだあとはもうなし崩しだった。

『わたし、すべて知ってるんやで』

『研究所がしてはること』

すべてを公表する手はずがあると、あの夜未和は言った。Ｌ－pxとされる薬の簡易分析結果を彼女は持っていた。彼女曰《いわ》く、「民間の鑑定機関」に分析を依頼したらしい。結果にはＬ－pxとは明らかに異なる数値が並んでいた。詳細な成分分析もまもなく出るのだという。

マスコミを通じて情報を公開することを彼女はほのめかしたが、新薬の投与を中止し、夢視捜査の方法を見直すなら、この分析結果は見なかったことにしていいと言ってきた。最初、鳥彦は疑惑を否定した。分析結果についても何かの間違いにちがいない、もう一度研究所で分析をやらせてくれと訴えた。しかし未和は首を縦に振らなかった。

『あんた、硝子にいつまで嘘を吐くつもりや』

この女を懐柔することはできないと悟ると、鳥彦は未和の提案を受け入れるふりをした。そして、あらかじめ薬を仕込んでおいたペットボトルを渡して眠らせると、車で東山まで運び、首吊り自殺を装《よそお》って殺害した。自殺に見立てれば、夢視捜査の対象からは外れる。

鳥彦にはわかりきっていることだった。

襟元《えりもと》からのぞく未和の蒼白い首筋に触れたとき、しかたないのや、と口走った気がする。それが誰に対する言い訳だったのかは、鳥彦にも定かではない。いつしか状況は捻じれ、もう後戻りができないところまで来てしまっていた。どんな代償を払っても成し遂《と》げるしかない、そんな場所まで。

いつ、狂ってしまったのか。

「……わからへんわ」

あきは呟《つぶや》いた。

「未和が何で死ななあかんかったのか、あんたの話を聞いてもぜんぜんわからへんわ。あの子かて、いっしょけんめ生きてはったのに、ぜんぶのうなってしまった。あんたの中でそれはしょうもないことになっとるんか。そんな理不尽なはなし――」

言い立てる声に微《かす》かな苦悶《くもん》が滲《にじ》む。何故か傷ついたような顔をして、あきは息を吐き出した。

「……やめよ。俺、あんたのことどうこう言えるほど、たいした人間やない」

ドアから手を離したあきがスマホを取り出す。光を放つ画面があきの横顔を白く照らした。

「やけ、あんたの『理不尽』は俺がやる。それでしまいや。……堪忍《かんにん》」

端末を操作する指先がひとつの番号を呼び出す。コールを経ず、相手にはすぐつながったらしい。「ああ、硝子か。今、笹川鳥彦を見つけた。場所は――」しかし、その声は唐《とう》突《とっ》に途切れた。

耳にあてられていた端末がするりとあきの手を滑り落ちる。受話口から女の声がしている。硝子だろうか。あきの脇腹からナイフを引き抜き、鳥彦は通話終了ボタンを押した。赤黒い血がアスファルトに点々と落ちる。腹を押さえながら、なんでや、とあきは眉根《まゆね》を寄せた。

「まだ終われへん。あかんのや、もう」

「あんた……阿呆《あほ》か。こんなん、すぐ捕まるで……」

こちらを睨《にら》みつつ、あきはずるずるとその場にくずおれる。車の側面にもたれるだけになった男から車のキーを取り返そうと手を伸ばす。一台の車がクラクションを鳴らして飛び込んできたのはそのときだ。正面から照らされたヘッドライトの明るさに、鳥彦はあとずさる。

「鳥彦さん！」

清冽《せいれつ》な声が闇夜を切り裂いた。

ライトに照らされた現場は混迷を極めていた。

うずくまった男を中心に赤黒い血が広がり、鳥彦の手には刃渡り十センチ強のバタフライナイフが握られている。木賊が車を止めるのもそこそこにドアを開いて飛び出した硝子は、猛然と鳥彦に向かっていった。相手がひるんだ隙《すき》に腕をひねり、ナイフを奪い取る。

「笹川！」

「木賊さん、手錠《てじょう》お願いします！　傷害の現行犯や！」

鳥彦の身体《からだ》を車のボディに押し付け、硝子は叫ぶ。いくら逮捕術を学んでいようと、女性の硝子が大の男を押さえ続けているのはつらい。

「木賊さん早く！」

はずみに、「放せ！」と身じろぎした鳥彦が硝子を突き飛ばした。硝子が後ろにたたらを踏むと、鳥彦は木賊の止めた車とは反対方向に走り出す。そこへひと足先に回り込んだ木賊が立ちはだかった。かわそうとする鳥彦の腕を今度こそつかんで地面に引き倒す。

「確保や！　零時《れいじ》五分！」

木賊が手錠をかける音を聞きながら、硝子はうずくまっているあきのもとに駆け寄った。ひと目見てまずいと思った。すぐさま救急車を呼ぶ。その間もあきが押さえた五指から血が流れ続けている。

「あんた阿呆なん！　何やってはるの！」

「ほんまや……刺されるて。なんや、わらえる……」

喘息《ぜんそく》のあいまに軽口を叩く男に泣きそうになり、「もう喋《しゃべ》らんでええわ」と硝子はハンカチを取り出した。止血法なら警察学校で一通り習っている。それなのに、指先がどうしようもなく震えてしまって唇を嚙《か》む。涙の滲んだ眦を手の甲で拭《ぬぐ》うと、硝子はハンカチを傷口に押し当てた。内臓を傷つけているのかもしれない。アスファルトの上に横たわるあきの顔は蒼白い。

「しょーこ、なんでや……」

あきが呟いた。

「なんでここ……」

「そんなんあとで教えてあげるで、喋らんといて！」

はやく。早く来て救急車……！

祈るような気持ちになってあきの手を握る。

「死んだらあかんよ。あんたのおかあさんが悲しむから、あかん」

気付けば硝子は口走っていた。

「あんた、いろいろ投げっぱなしやんか。なんでこんなとこいはるの。何してはったの。ちゃんと納得いく説明するまで死んだらあかん」

「ほな、ゆめみ……してみたら、ええやん」

あきは何故か少し笑ったようだった。その顔が蒼白を通り越して土気色に転じつつあることに不安が募《つの》っていく。

「硝子なら、少しくらい見ても……まあええわ」

「しばいたるで、あんた」

硝子は今度こそ本気で罵《ののし》った。

「死なせんわ、絶対に。あんたの口からぜんぶ吐かせたる」

握った男の手に力をこめる。直後、サイレンの音が鳴り響き、救急車がパーキングエリアに入ってきた。

終章　朝をつかまえる

夢視《ゆめみ》研究の第一人者である笹川鳥彦の逮捕は、世間をしばらくにぎわせた。山田空への殺人未遂《みすい》だけでなく、川上未和の殺害、死体遺棄といった余罪も追及され、鳥彦は再逮捕、起訴された。

鳥彦逮捕の数日後、研究所による未承認薬の使用が週刊誌で報じられる。おそらく傘井たちが手を回していたにちがいなかった。センセーショナルな殺人事件のせいで、研究所の報道がやや埋もれてしまった感があるのは、彼らも想像できなかっただろうけれど。

ほどなく警察庁から特殊捜査官制度運用の見直しが通達され、硝子《しょうこ》たち捜査官は自宅待機命令こそ解かれたものの、方針が出るまでの間、夢視の禁止が言い渡された。

「ほんま堪忍《かんにん》やで。代わりにデスクワークばかり回《ぐ》されてんねん」

拘置所《こうちしょ》の面会室で向かい合った男に、硝子は愚痴《ち》をこぼす。アクリル製の間仕切りを挟んで座っているのは鳥彦である。顔を合わせるのは瀬戸パーキングエリアで対峙《たいじ》したときぶりだった。少し痩《や》せたように見えたが、もともと多忙で痩せすぎくらいのひとだったから気のせいかもしれない。

「どうや。拘置所生活は」

「研究書読み放題やし、それなりに快適やわ」

「まあ、あんたはそういうひとやんな」

マイペースにのたまう鳥彦に、硝子は何とも言えない顔つきになる。

本当はこの場所に来るまで、いくつもの葛藤《かっとう》があった。鳥彦とどんな顔で向き合ったらよいのかわからない。いざ鳥彦を前にしたとき、正気でいられる自信もなかった。けれど、何度も想像して臨《のぞ》んだからだろうか、実際にパイプ椅子《いす》に腰掛けた自分は思ったよりは落ち着いていた。

「川上の夢視、おまえがしたんやってな」

眼鏡《めがね》のフレームを押し上げて、鳥彦が尋ねた。まどろっこしい世間話を続ける気は鳥彦にはないらしい。あんたはそういうひとやんな、と胸のうちでさっき口にしたのと同じ言葉を吐いて、「そうや」と硝子はうなずいた。

「あんたの顔を視たわ、そこで」

「おまえがアポなしで研究所を訪ねてきたとき、ほんまはぜんぶわかってて、俺を引っ掛けるためだけに来てたんやな。怖い女や」

「名演やったやろ。あれ結構準備したんやで」

口端を上げ、硝子は間仕切りを挟んで座る男を見つめる。

「鳥彦さん、わたしな。ここに来るまで、頭ん中で何度もあんたを殺したんよ」

不穏な発言に反応してか、扉の横に立つ刑務官が目を上げた。硝子は鞄《かばん》の中からハンカチに包んだ万年筆を取り出す。軸《じく》に金字のサインが入った龍彦の遺品だ。それを鳥彦にも見えるように掲《かか》げた。

「今も、頭ん中で殺してる。あんたのこと」

ペン先が視界をゆっくり上下する。想像の中で硝子は鳥彦の首を絞《し》めたし、鳥彦は抗わずにされるがままになっていた。実際の硝子たちはパイプ椅子から微動だにしなかったが、確かに同じ想像を共有した気がした。目を伏せて、硝子は万年筆を置く。

「返すわ、あんたに。大事なもん盗んで、勝手にのぞいて悪かったわ」

「……思ってへんやろ」

「そやな。ぜんぜん思ってへんな」

悪びれずに肩をすくめる。出口の見えない葛藤をねじ伏せて、押し通した今日の用事がこれだ。事件のことを鳥彦に問いただそうとは硝子は思わない。面会室はそれをする場所ではないし、硝子は今は養女として父親に向き合っているだけだ。鳥彦の罪状は法廷の場がいずれ明らかにするだろう。

「あんたの研究は復讐《ふくしゅう》やて、昔言われた」

万年筆に目を落とし、鳥彦は呟いた。

「復讐やて。……あながち外れてへんかったのかもな」

硝子は口を開こうとして言いよどむ。思ったことをすぐに口にする自分にしてはめずらしく、返す言葉がうまく見つからなかった。

「死んだらあかんで」

椅子から立ち上がって、アクリル板に手をつく。そうすると、髪に白いものが交じり始めた養父を硝子は見下ろすことができた。この許しがたい、それでも胸のどこかで憐《あわ》れみめいた感情を抱いてしまう男と硝子は今も書類上の親子だ。それが腹立たしく、なのに養子を解消してしまうこともたぶん硝子にはできないのだった。本当は荒々しく叩きつけたかった手を丸めて、硝子は目を伏せた。

「……研究は未完だ、て言っとった」

アクリル板に映る景色越しに、指先から炎に包まれる男の記憶が蘇《よみがえ》る。十五年前にした初めての夢視――龍彦の最期の記憶だ。炎の中を逃げ惑いながら、龍彦は最後まで研究資料を腕に抱いていた。

「やっと自分が望む研究を始められる。それなのに、守りたいもん、積み上げてきたもん、みんなのうなってしまうって。あんな悲しい叫び、そう聞かん」

あの頃の硝子はまだ小さくて、死に瀕《ひん》した男の叫びにおびえるばかりだった。けれど今は龍彦の声にひそんだ、くるおしいまでの悔しさや嘆きがわかる。すべて鳥彦が引き継いだはずだった。こんな風に狂わなければ。

「龍彦さんの無念をあんたは引き継いだ。やけ、あのひとのぶん、あんたは生きて生きて、生きたらええわ。それで大事なもんは墓まで持っていきなさい。わたしはな、あんたの言い訳なんか聞かへん。そらつらかったなあなんて言ってあげへん。この先ずっとや」

鳥彦の表情は変わらない。ただ皺《しわ》の寄った眉間《みけん》を揉《も》んで、「ほうか」と息を吐く。

「守りたいもんて、兄貴は言ったんか」

硝子は丸めたこぶしを下ろす。

これ以上会話を続けることは今の自分にはできなかった。

「……また来るわ」

鞄を肩にかけ、帰りの挨拶の代わりに呟く。来いとも来るなとも、鳥彦は言わなかった。

拘置所を出ると、秋晴れの空が広がっていた。

近くの花屋でトルコキキョウの花束をふたつ買うと、電車で東山に向かう。改札を出てから目的地までの道すがら、あちこちで群れ咲く曼珠沙華《まんじゅしゃげ》を見かけた。前に来たときは聞こえていた蟬時雨の代わりに、爽やかな秋風が吹いている。規制線が外された廃校舎に入り、未和の遺体が発見された樹の根元に花束を供えた。

『硝子、ハッピーバースデー』

スマホのボイスアプリを起動して、保存していたメッセージをイヤフォンで聞く。終わりまで聞いたあと、最初に戻って繰り返し、また繰り返し。未和の声は在りし日の輝きとともにそこに閉じ込められていた。どれくらい再生したのかわからなくなってから、硝子はメッセージを選択して削除ボタンを押した。

〔このメッセージを本当に削除しますか？　はい・いいえ〕

はい・いいえの間でしばらく指をさまよわせてから、結局いいえを選ぶ。

同じことをあしたにはまた繰り返してしまう気がした。数か月か、一年か。この感情に区切りをつけられる日は来るのか。それとも一生ずっとこのままなのか。わからない。区切りをつけて前を向くことが自分の望んでいることなのか、それすらも判然としないのだ。

「なあ、未和」

紅葉を始めた木々を見上げて、硝子は今はいない友人に呼びかけた。

「わたし、鳥彦さんを許せへんの。きっとずっと、許せへんの。それでもええ？」

風が立てる木擦れの音ばかりで、答えは返らない。未和は二度とかえらず、夢の中で硝子は今日も鳥彦を殺すだろう。許すことも癒《いや》されることも、今はうまくできないまま。


もうひとつの花束は見舞い用だった。

病院の面会受付で手続きを済ませ、硝子は教えられた病室を探す。少し前は個室でチューブにつながれていたが、今はだいぶ回復して一般病棟に移ったようだ。部屋の前でしばらくためらってから顔を上げ、開いている扉をあえてノックする。どうぞ、という声がして、ベッドで半身を起こしていたあきがこちらに目を向けた。

「なんや、しょこちゃんか。いらっしゃい」

まるで定食屋に入ったときみたいな挨拶に、硝子は眉根《まゆね》を寄せた。

「そやから、しょこちゃんとか呼ぶのやめてよ。きもちわるい」

「別にどちらだってええやんか。こまいな。花？　くれはるの？」

硝子が腕に抱えた花束に気付いて、あきが手を差し出す。

「あんたのおかあさんにや。勘違いせんといて」

本当はどちらでもよかったのだけど、つい悪態をつき、硝子はサイドキャビネットに花束を置く。

「トルコキキョウか。花瓶《かびん》なら、足元の抽斗《ひきだし》開けるとあるで」

「わたしに生けさせる気まんまんやな」

「自分でやれたらええねんけど、腰かがめたりするのだけがまだなあ。しんどくて」

あきは脇腹のあたりに手を添えて苦笑した。実際、ひと月前に運び込まれたときはすぐに集中治療室に入り、一度は生死の境をさまよった男である。そこで戻ってきてしまうあたりはさすがゴキブリ並みの心身だと言わざるをえないけれど。

硝子はあきに言われた抽斗から空の花瓶を出す。フィルムを剝《は》がした花束をばらして、水を入れた花瓶に挿した。淡いピンクや黄色といった明るめの色合いでまとめてもらったので、窓辺がほんのりと華やぐ。

「おかあさんは？」

「いつも夕方に寄んねん、今日もそんなとこやない？」

今は午後三時。山田のおかあさんがやってくるまではまだ時間がかかりそうだ。硝子は丸いスツールを引き寄せて、あきにビニール袋を突き出した。

「ほな、これ見舞い品」

「何？」

「抹茶パフェ。コンビニスイーツやねんけど」

中に入っているのは、カップデザートがふたつ。「律義やなあ」とあきが思わずといった様子で笑い出す。前に夢視をしてもらったとき、抹茶パフェが食べたいとあきが言っていたのを硝子は覚えていたのだ。

「あ、こういうのお医者さんに許可とらないとあかんかった?」

「そやけど、ええんちゃう。うちのおかあさんもときどき、プリン買うてきてくれはるし」

カップの蓋を開け、あきはプラスチックのスプーンで抹茶クリームをすくった。

「うわ、甘いなあ、これ。阿呆《あほ》みたいに甘い」

「傷の具合はどうなん」

「まあ、ぼちぼちや。少し前は身体《からだ》起こすのもしんどかったくらいやし、大進歩」

半分ほど食べると、それをトルコキキョウの生けられた花瓶の前に置き、あきは硝子のほうへ身体を向ける。清潔なレースのカーテンが揺れる窓辺から午後の陽射しが降り注いでいる。夏よりもずっと優しくなった光がカーディガンを重ねたあきの肩のあたりで躍る。

「あの日……」

先に口を開いたのはあきだった。人畜《じんちく》無害《むがい》なゴールデンレトリバーみたいな顔にうすぐらい笑みが浮かぶ。

「連絡直後に、硝子が来るとは思わへんかったわ。おかげで命拾いしたけど。もしかしてつけてはった？　俺を」

「あいにくとちゃうわ。わたしらが罠《わな》を張っていたのは鳥彦さんのほう」

肩をすくめ、硝子は笑う。

「あるんやでー、小型の発信機なんていくらでも。鳥彦さんの車の底に仕込んでおいたんや。あのひとの逃亡なんてこっちも織り込み済みやねん」

「養父に発信機つけるか……ようやるわ」

「やけ、瀬戸のパーキングであんたが出てきたのは完全に予想外」

「話聞いてると、とんだ邪魔者やん、俺」

「木賊《とくさ》さんとわたしが追いかけてなかったら危なかったわ。——あんたのほうこそ、なんであんなところにおったん？」

ずっと聞きたかったことを硝子は尋ねた。おそらく、あきの体調が回復するのを待って行われた警察の事情聴取でもその点は追及されたはずだ。あんな深夜に何故、まるで待ち合わせたかのように笹川鳥彦の前に現れたのかと。

「視えたんよ」

あきの答えは端的だ。けれどそれだけで、やっぱり、と硝子はおおかたを察してしまう。

鳥彦の万年筆を渡したときに、あきは記憶の読み取りだけでなく、持ち主の近い将来を視たのだ。そして予知のほうは硝子に伏せたまま、記憶の内容だけを伝えた。

「なんでわたしにそのこと教えてくれへんかったの？　警察は信用できなかった？」

「そうやないけど」

歯切れ悪くあきは視線をよそに向ける。あきがこの話を終わらせたがっていることには気付いたが、硝子は引かなかった。

「そうやないけど、何？」

「ほんまに来るかは俺にもわからへんかったし、あれであんたの父親やし……、もうええやん」

言い訳めいたことをぼそぼそ口にしてから、結局あきは無理やり話を終わらせてしまった。それでも、わずかにのぞいた男の真意に、硝子は胸をつかまれる。もしかしたら、あきは心配したのかもしれない。硝子が養父を捕まえることに胸を痛めたのかもしれない。

居心地が悪くなって肩をすぼめ、「余計なお世話やねん」と硝子は呟《つぶや》いた。

「おまけに刺されるとか、あんた阿呆なんちゃう。わたしらが間に合わなかったら、瀬戸のパーキングエリアで翌朝変わり果てた姿で発見やわ」

「ほんまや。うちのおかあさんが泣くなあ」

「もう泣いたはる。あんたが集中治療室入っとったときに」

　硝子が指摘すると、「そらあかんわ」とあきは複雑そうな顔をした。あきが養母を大事に想っているのは本当らしい。そのことに少しだけ救われる思いがした。この十五年はあきにとって、過去に囚われるだけの日々ではたぶんなかった。

「これからあんたはどないしはるん？　しょこちゃん」

　しょこちゃん呼びをあきは続けた。もう突っ込むのも面倒になって、「どうもこうも」と硝子は苦笑する。

「覚悟決めて出した辞職願は上司が失くしてしもうたらしいし、毎日ぎょうさんデスクワークこなしとるわ。始末書と減俸は食らったけどな」

「へえ？」

　意外そうにあきは硝子を見る。

「懲《こ》りずにようやるわ。もう夢視なんかせえへん言うかと思っとったけど」

「まだ隠居《いんきょ》するつもりはないねん。誰かさんとちごうて」

「ふうん、あんたらしいなあ……」

　しみじみと呟いて、あきは相好《そうごう》を崩す。はじめて見た、それはあき本来の笑顔のように思えた。

病室の外では、廊下《ろうか》を行き来するスタッフの声がせわしなく飛び交っている。ドアは開いたままなので、外と中を隔《へだ》てるのは仕切り用のベージュのカーテンくらいだ。しょこちゃん、と身体を庇《かば》いながらあきは硝子に向き直った。

「あんたは無鉄砲で折れやすくて、なのに気ぃばっか強い女やねんけど」

「あのな……」

「芯はある子や。大丈夫。そのまま胸張って歩いていきなさい」

あきの手のひらが硝子の頭を引き寄せる。額と額がこつりと触れあった。それは幼い頃、眠れない夜にあきにしてもらったのと同じ仕草。何故だか急に、これがさよならなのだと、お別れの言葉なのだと理解してしまって、硝子は顔を俯《うつむ》ける。眉間《みけん》にぎゅっと力をこめる。そうしないと、今にも泣き出してしまいそうだった。もう誰にも言わないけれど、絶対に誰にも言わないけれど、硝子はこの男がたぶん好きだった。

「わたしがもしあんたのこと思い出さなかったら、『マスター』はわたしをお嫁さんにしてくれた？」

声をひそめて尋ねると、あきは小さく笑った。

「俺にはもったいないで、それはない」

——まったく最後まで嫌味な男である。

＊

半年後、三月。

「すいません、遅くなりました！」

息を切らして暖簾《のれん》をくぐると、奥のボックス席には占出《うらで》管理官と木賊と化野《あだしの》が揃っていた。柚子鍋《ゆずなべ》が売りの居酒屋はすでに満席になっている。謝りながら席に向かった硝子に、

「ほんまや笹川」とさっそく木賊が野次を飛ばす。

「おっちゃん、ビール追加で！　ノンアルな！」

硝子がコートをハンガーに掛けている間に、木賊が店主に注文した。こちらの希望など一切聞かない独裁ぶりが木賊らしい。「あいよ」と威勢のよい声が厨房《ちゅうぼう》から返って、アルバイトの女の子が冷えたビールとお通しのきんぴらごぼうを運んでくる。それと先に頼んでいたらしい枝豆や揚げ物の大皿も。

「ほな、あらためて、化野お疲れさまっした！」

木賊のかけ声で、四人でジョッキを合わせる。

「普通、こういうかけ声って管理官がするものじゃないんですかね」

「うっせえ、化野。管理官がええって言ったらええんや」

相変わらずの応酬《おうしゅう》をしている木賊と化野に笑い、硝子はビールを半分ほど空にする。三月に冷えたビールというのもいかがなものかと思ったが、店内の熱気で早くも火照《ほて》っていた身体にはこれが美味《うま》い。

「化野さん、やっと警察庁へ帰還ですね。お疲れさまでした」

研修のため、さまざまな部署を回っていた化野は、捜査一課を出たあと下鴨署の生活安全課を経て、霞が関にある警察庁に戻ることになった。今後はなかなか会うこともできなくなるため、木賊が送別会を企画したのだ。

「ったく、こいつこれからあっちゅうまに出世していくんやで。かなわんわ」

「数年後は木賊さんのほうが部下ですね」

「意地でも敬語なんか使うてやらん」

化野の肩を小突いて、木賊は追加のジョッキを頼んだ。こういう場で、昔はひたすら嫌そうな顔をしていた化野も今はついでに自分のぶんのサワーを注文している。なんだかんだいつの間にか馴染《なじ》んでいるのがおかしみを誘う。

「夢視捜査のほうは、再開にまだ少し時間がかかりそうですね」

茹《ゆ》でた枝豆をさやから取り出しながら、占出管理官がおっとりと硝子に水を向けた。

　鳥彦が起こした事件と研究所の未承認薬の投与が明らかになり、特殊捜査官の増員や権限の拡大を主旨にした法案の提出は流れた。研究所は稼働《かどう》停止となり、夢視捜査については第三者委員会のもと、制度や運用に見直しがかけられている。

　特にL-pxの耐性対策については、投与量や次の夢視までの休養期間の見直しが必要で、以前のような件数をさばくことは難しくなりそうだ。加えて捜査官のうち何人かは未承認薬による副作用の症状が見られたため、現在療養に入っており、全体の戦力減は免れない。方針の素案の公表は今夏をめざしているので、年内に再開できればよいほうだろうか。

「研究所から出向していた警察医も、全員替えることになったみたいですね。知見のある先生を探すのが大変やて聞きました」

「今後は夢視の際に、医師二名の立ち会いを必須《ひっす》にするそうですよ。これまではL-pxの取り扱いや特殊捜査官の体調チェックは警察医ひとりで行っていた――それゆえ研究所の暴走を許してしまったと、上は考えたのでしょう」

「そういえば桜井部長、外部機関に異動したって聞きましたけど、あれ今回の事件絡みですか？」

　思い出して硝子は尋ねた。

　数か月前に、幹部の異動リストの中に桜井の名を見つけた。桜井は特殊捜査官導入を推進した警察側の人間のひとりであり、突然の異動が事件と無関係のようには思えない。まあそうでしょうね、と苦笑気味に占出がうなずく。

「笹川所長の独断で、未承認薬の投与があったとは考えづらい。例の法案を通すために、部長や政界や……さまざまな人間が暗躍していたのだと私は思いますよ。それらはおそらく、明らかになることはないのでしょうけどね」

夢視研究学会で、鳥彦のもとに集まっていた政治家や官僚の顔が蘇《よみがえ》る。それに国会議員の杉浦。逮捕時、杉浦の本拠地である広島方面をめざしていたことについて、鳥彦は明確な証言をしていないそうだ。しかし、事件後杉浦が自ら辞職したことを考えると、彼も裏から鳥彦に協力していたと考えて間違いない。杉浦は特殊捜査官の導入を推進し、広島県警の凶悪犯検挙率が上がったことを自らの政治PRに使っていた。次期法務大臣のポストを狙っていたという噂《うわさ》もあるが、今回の件でそれも潰《つい》えた。

「そういえば亀岡研究所ですけど、春から稼働を再開するそうですよ」

先日、特殊捜査官づてに聞いた情報を硝子は伝える。

亀岡研究所は鳥彦をはじめとした上層部の人間が未承認薬の投与に関わったとして起訴され、残った研究員も散り散りになっていた。彼らの一部を集め、研究所の再建に乗り出したのが、かつてササガワ研究所に勤めていた傘井という研究員だ。あきとつながりがあったのも確か傘井だったと記憶している。

「夢視捜査の支援部門に関しては、第三者委員会の提言書をもとに再度体制を構築し直すみたいですけど……。傘井先生は異視症候群の病理研究や緩和《かんわ》ケアの方向に明るい方らしいですし、これからは罹患者《りかんしゃ》のケアや能力の抑制といった部門にも力を入れはるみたいです」

「なんちゅうか、タダでは起きないというか……さすがやなあ」

「まあ、いいことですよ。特に思春期《ししゅんき》は心身のバランスを崩して苦しむ子が多いですから。いつかわたしらの誰一人、夜を怖がらなくなったらええなって思います」

そのときちょうど、メインの柚子鍋が運ばれてきた。先に具材を入れて煮立ててあり、あとは各自で豚肉を加えれば食べられるようになっている。「これがうまいんやで」と木賊が舌鼓《したつづみ》を打った。煮立った鍋に豚肉を泳がせて、柚子のスープと一緒にいただく。くたくたに煮込んだネギやごぼう、えのきや人参もちょうど食べごろだ。

「おいしいごはんが食べられるって、しあわせやなあ……」

頬《ほお》を緩《ゆる》め、硝子は柚子の香りがする豚肉をほおばった。

その夜は、ノンアルコール族の硝子もなんとなくほろ酔い気分になった。

送る、といちおう男らしい気概《きがい》を見せた化野には平気だと一蹴《いっしゅう》して、反対に彼の最寄りの丸太町駅までついていく。化野の異動日はまだ先だが、今は下鴨署の生活安全課にいるので、異動当日に立ち会うことは難しいだろう。硝子なりの「お見送り」のつもりだ。

「ほな、元気でな、化野さん。風邪《かぜ》ひいたらあかんで」

「おまえ、言うことがばあちゃんじみてるんだよ」

「まあええやんか。あっちがしんどくなったら、いつでも戻っといで。おいしいごはんくらいは食べさせたるわ」

「俺は京都のおばんざいってやつが嫌いなんだけど」

「ほな、イタリアン行く？　串焼き屋さんでもええで」

あっけらかんと笑った硝子につられたらしい。化野は微《かす》かに口角を上げた。

「……管理官と木賊さんと、おまえと。一緒に仕事できてよかったわ」

背後を走り抜けた車にかき消されてしまいそうな声で、ぼそりと化野が呟く。硝子は瞬きをして、化野のほうに身体《からだ》ごと耳を傾けた。

「聞こえへんかったわ。先輩、もう一度」

「二度も言うかよ。じゃあな」

くくっと咽喉《のど》を鳴らして、化野はコートのポケットに手を入れた。

レンガ造りの駅の出入り口を下りていく化野を見送り、硝子は早春の夜空の下、ひとり歩き出す。いつの間にか冬を越え、寺社や家の庭先で梅が薫《かお》る季節になっていた。鴨川沿いの道から北山の方向を眺めると、山の上に丸い月が架かっていた。卵みたいやなあと呟いて、ふふっと笑う。

気まぐれに、アパートではない方向に足が向いた。住宅街を抜けて柿渋《かきしぶ》色の暖簾が目印の定食屋を探す。もう半年以上足を運んでいなかったが、不思議と道は忘れない。

「……あぁ」

しかし、思った場所に明かりはついていなかった。いつもなら暖簾が下ろされても、中のすりガラスから橙《だいだい》色の光が漏《も》れていたのに。明かりの落ちた定食やまだの前に立つと、引き戸に紙が貼ってあるのを見つけた。

「休業」

マスターの丸っこい字で、一身上の都合でしばらく店を閉めるという旨が記されていた。日にちは去年の十一月。もう数か月前のことだ。退院してすぐにあきはこの店を閉めたのだろう。

もう会うことはない男だと思っていた。けれど、こうしてあらためて突きつけられると、どこかで落胆《らくたん》している自分がいることに気付かされる。

「もしかして、笹川さん……ですやろか」

後ろから声をかけられ、「わっ」と硝子は肩を跳ね上げた。エプロンにサンダルを突っかけた、いかにも柔和《にゅうわ》そうなおばあさんには見覚えがある。

「山田のおかあさん……あっ、すんません。こんばんは」

おかあさんとはごくまれに店内で会釈《えしゃく》を交わす程度で、面と向かって話をしたことはなかった。あきが病院に搬送されたときは硝子もその場にいたが、状況の説明は木賊がやっていたので、おかあさんは覚えていないだろう。

「ああ、よかった。違うてたらどないしよ思て」

ほっと息をついて、「こんばんは」とおかあさんは律儀《りちぎ》に返した。

「裏の戸を閉めてたら、物音がしたさけ、なんや思ってね。まだときどき、常連さんが訪ねてきはるさかい」

「やまだ、閉めたんですね」

「うん。あの子、大けがしてな……。秋頃、入院してたんやわ」

「聞きました」

聞いたというか、あきの救急車を呼んだのは硝子なのだが、ややこしくなるので触れないでおく。山田のおかあさんは特に疑問に思った風もなく顎《あご》を引いた。

「厨房《ちゅうぼう》だと体力仕事やし、続けるのは難しいやろなってわたしも思っとったんやけど」

「あき……山田さんは、ここにはいないんですか？」

「年明けに、しばらく別の会社で働く言うて出ていってな。あの子、包丁握るくらいしか能がないのに心配やわあ」

「別の会社？」

「亀岡ナントカていう。ああそうや、しょこちゃん！　あの子が漬けたたくわんがあるで、少し持って帰らへん？　ひとりで食べきれんで困っとったんよ」

遠慮《えんりょ》を申し出る間もなく、「ここで待っとって！」と山田のおかあさんはサンダルを鳴らしてお勝手口に引っ込んでしまった。しょこちゃん、というのはたぶんあきの呼び方が移ったせいだろう。

「おかあさんにまでしょこちゃん言うなや」

ひとりごちて、硝子は暖簾を下ろした店の前に立つ。おかあさんが語った言葉の中でひとつ気にかかるものがあった。

「亀岡ナントカって研究所のことやろな」

つまりあきは今、傘井が再建に乗り出した研究所で働いているらしい。らしくないことしてはるなあ、と硝子は思わず笑ってしまう。彼がスーツを着て働いているところなんて、とても想像できない。ただ、あきの心中はなんとなく察せられた。睡眠時異視症候群の緩《かん》和《わ》ケアに力を入れ始めた研究所。そこに何かの希望を見出《みいだ》したのかもしれない。

「待たせてしもうて。これな、たくあんと生姜、あとは柴漬けも」

手拭《てぬぐ》いで包んだタッパーを三つ重ねて渡され、さすがの硝子も面食らった。

「こんなにいいんですか？」

「どれも味は悪くないと思うんやけど。ああ、この紙袋使うて。鞄《かばん》ににおい移ったらあかんし」

丁寧《ていねい》にタッパーを入れる紙袋まで渡されてしまい、これはもう突き返せんなあ、と内心で苦笑する。ありがとうございます、とお礼を言うと、おかあさんは眉尻《まゆじり》を下げた。

「柴漬けはほかほかの白飯によう合うし、こっちの生姜の漬物は冷ややっこに載せるとうまいでー。お漬物あると、食卓が少し贅沢《ぜいたく》になるやろ」

マスターみたいなことを言い出したおかあさんに、とりあえずうなずきながら、そういえばこのおかあさんに育てられたのだったあのひとは、と遅れて得心がいく。なるほど、あれはもうすっかり染みついた山田の家風のようなものらしい。

「どんなときもよく食べて、よく寝なさい。そしたら、悪いもんは近付いてきぃひん」

——硝子。

おかあさんの声に重なるように、眠れない夜を送った幼い頃、囁《ささや》いたあきの声が蘇る。

大丈夫。

ナイトメアはもう見ない。

「……ふふ」

泣き笑いのようなものがこぼれる。

「えらい漬物もろうてしまったなあ」

三つ重ねたタッパーを引き寄せて、硝子は呟《つぶや》いた。

あきは確かに硝子を守ってくれていた。交わした言葉などたわいのないものばかりだったけれど。身体を張って助けてくれたこともなかったけれど。それでも、約束どおりたぶん硝子を守っていてくれた。果てしなく見えた、この夜の暗がりから。

「おおきに、おかあさん」

微笑《ほほえ》み、硝子はタッパーを抱え直した。

「おおきにな、あき」

＊

もらった漬物は最後の一切れになっていた。

朝のニュースを聞きながら、硝子はごはんの上に載せたたくあんをかじる。おあげさんとわかめの味噌汁を啜《すす》って、きのうの残りの筑前煮《ちくぜんに》をつつく。そうしてきれいに目の前のごはんを平らげると、ごちそうさまと手を合わせた。

新調したジャケットを羽織《はお》って、アパートを出る。

桜が綻《ほころ》び始めた京都は、街全体が薄紅《うすべに》に染まるかのようだ。いつにもまして車の多い道を横目に駅に向かう。今日は張り込み先に直行のため、府警ではなく最寄りから乗り換えて京都駅に出た。

まだ通勤ラッシュにはぶつかっていないが、在来線にもそれなりに人はいた。電車を待つ間、スマホでショートメールを打っていると、ひらりと花びらが画面に舞い込む。見れば、線路を挟んだ向かいのホームでも、サラリーマン風の男がやはり端末を操作していた。

その名を、思わず呟く。

長い車両が緩《ゆる》やかに硝子の側のホームに入ってくる。乗客が入れ替わり、発車のベルが鳴り始めた。このまま、やり過ごそうと思いもした。何も見なかったことにして、この偶然もなかったことにして、目の前の電車に乗ってしまえば、それですべてが終わる。けれど——。

「ちょっと、すいません」

並んだ列を離れ、硝子は来た道を引き返した。

ホームの階段を足早に駆け上がる。靴《くつ》も新しくしたせいで、いつもより走りづらい。けれど、かまっていられなかった。それに短距離走は得意だ。反対側のホームに向かう階段を今度は一段飛ばしで駆け下りる。ホームに出る頃には息が上がっていた。一度膝に手をついて大きく息を吐き、プラットホーム上を走る。電車はこちら側にも近付いていた。並んだ客の列が動き出す。その中ほどにいた男に、硝子は手を伸ばした。

「あき！」

大声で呼んだせいで、あきの前後に並んでいた乗客がぎょっとした顔で硝子を振り返る。男の腕をつかんで半ば無理やり列を離れる。「硝子？」と呟くあきはめずらしく驚いたような顔をしていた。その顔を見て、少し胸がすく気分になる。

「……あ、急いでた？」

我に返って尋ねると、「別に急いではないねんけど」と間の抜けた返事が戻ってくる。あきと硝子を残して電車がゆっくりと動き出した。それを見送ってから、硝子はあきのほうへ手を差し出す。

「ちょうだい、メアド」

「なんやて？」

「あんたのメアドちょうだい。連絡しよう思たけど、あんたの電話番号しか知らへんかった。それも変えられてるし」

思いついた言葉をまくし立て、硝子はあきを見上げる。

「漬物ものうなってしもうたし、新しいの漬けてよ」

「……なんやむちゃくちゃなこと言いよるなあ」

もう会わないと思っとったのに、とあきはぼやく。定食やまだのときのエプロン姿とは異なるダークスーツにネクタイをあきはつけていた。スーツなんて絶対に似合わないと思っていたのに、違和感がないのが逆におかしい。

「もう会わない思っとったけど、会いたくなった」

「ずっと店にも顔出さなかったくせに、よう言うわ」

「あんたも、黙って店閉めたやん」

「閉めたんやのうて、お休みや。ちゃんと表に貼り紙出しとったやろ」

あきがこれみよがしに息をつく。それで、どちらからともなく笑い出した。通さなければならないと思っていた意地やプライドが、急にくだらないものに思えてきたからかもしれない。

「山田空さん」

あらためて目の前の男に向き直る。

「とりあえず、もう一度お友だちから始めへん？」

どこからともなく吹き寄せた薄紅の花びらが足元で躍る。差し出された硝子の手を見て、「堪忍《かんにん》やで」とあきは眉をひらいて笑った。言葉とは裏腹に、重ねられた手は大きくあたたかい。咳払《せきばら》いをして、あきが言った。

「ほな、はじめまして、硝子さん」

夢の中にいた顔なしの少年が消える。ああほんま時間がかかったけど、やっとあなたを見つけられたのだと思って、硝子ははじめて少し泣いた。

※この作品はフィクションです。実在の人物・団体・事件などにはいっさい関係ありません。

集英社オレンジ文庫をお買い上げいただき、ありがとうございます。
ご意見・ご感想をお待ちしております。

● あて先
〒101-8050　東京都千代田区一ツ橋2-5-10
集英社オレンジ文庫編集部 気付
水守糸子先生

ナイトメアはもう見ない

夢視捜査官と顔のない男

集英社
オレンジ文庫

2019年1月23日　第1刷発行

著　者　水守糸子
発行者　北畠輝幸
発行所　株式会社集英社
〒101-8050東京都千代田区一ツ橋2-5-10
電話【編集部】03-3230-6352
【読者係】03-3230-6080
【販売部】03-3230-6393（書店専用）
印刷所　大日本印刷株式会社

※定価はカバーに表示してあります

ISBN 978-4-08-680232-1 C0193

集英社オレンジ文庫

乃村波緒

ナヅルとハルヒヤ

花は煙る、鳥は鳴かない

親友ナヅルが領苑を出てから10年。
衛兵となり領苑を守るハルヒヤは、
花煙師となったナヅルと再会した。
だが現在の領苑では、有害な花煙草を
作る花煙師は禁忌の存在となっていて…。